dtv

Reihe Hanser

Eine ländliche dänische Schule wird vom Innenministerium unter Quarantäne gestellt, nachdem ein Lehrer mitten im Klassenzimmer zusammengebrochen und ins Krankenhaus gebracht worden ist. Es gibt Gerüchte, dass die Anweisung mit einer Grippeepidemie in der Hauptstadt zusammenhängen könnte. Zunächst haben das improvisierte Übernachten in der Schule und das Ausfallen des normalen Unterrichts für viele Schüler durchaus seinen Reiz. Doch je länger das Eingesperrtsein dauert und je mehr Lehrer und Schüler erkranken und sterben, desto mehr breiten sich Panik und Verzweiflung aus. Und es bildet sich über die Wochen und Monate aus der kleinen Quarantäne-Gemeinschaft ein eigener gesellschaftlicher Kosmos, mit Phänomenen wie verschiedenen, einander bekämpfenden Banden, »Anführern«, »Mitläufern«, »Oppositionellen« …

In der Tradition von William Goldings »Herr der Fliegen« und Janne Tellers »Nichts. Was im Leben wichtig ist«.

Jesper Wung-Sung, 1971 geboren, studierte Literatur, Englisch und Dänisch in Kopenhaben. Seit 1998 veröffentlichte er zahlreiche Kurzgeschichtensammlungen, Jugendbücher und Romane, für die er mit den wichtigsten Preisen seines Landes ausgezeichnet wurde. Unter anderem erhielt er den Staatspreis für Literatur des dänischen Kulurministeriums. Seine Bücher gehören zu den meistgelesenen Werken in dänischen Schulen.

JESPER WUNG-SUNG

OPFER

Lasst uns hier raus!

Aus dem Dänischen
von Friederike Buchinger

Unterrichtsmaterial zu ›Opfer‹
zum kostenlosen Download unter
www.dtv.de

DANISH ARTS FOUNDATION

Die Übersetzung dieses Buches wurde von der *Danish Arts Foundation* gefördert.

3. Auflage 2022
2018 dtv Verlagsgesellschaft mbH & Co. KG, München

Titel der Originalausgabe: ›Skolen‹
(Høst&Søn, Kopenhagen)
Published by agreement with Gyldendal Group Agency, Denmark.

Umschlag: Stefanie Schelleis, München
Gesamtherstellung: Druckerei C.H.Beck, Nördlingen
Printed in Germany · ISBN 978-3-423-62670-5

OPFER

I

Das Ziegeldach der Schule wellte sich wie Siegelwachs und der Sportplatz hinter dem Backsteinbau glich einem Stoppelfeld aus gelbem Gras. Davor glitzerte der Schulhof in der Sonne, als wäre der schwarze Asphalt mit Diamantstaub vermischt. Er wurde von zwei Anbauten mit Flachdach flankiert, einem neueren und einem älteren, die mit dem Hauptgebäude ein Triptychon bildeten. Noch heißer als hier war es nur im Kunstsaal des neuen Flügels, vor dem Ofen, hinter dessen Scheibe die Tanzschritte der Spinne langsamer und zugleich immer verzweifelter wurden.

»Du wirst disqualifiziert, wenn du dich nicht zusammenreißt.«

Es war die erste, zweite, dritte, vierte Spinne von fünf. Der Geschichtslehrer war krank und da sogar Benjamins Vater als Vertretung in einer anderen Klasse unterrichtete, hatten sie eine Freistunde. Sie waren zu viert im Kunstsaal.

Anfangs waren sie fünf gewesen, aber Simon war nach Hause gegangen, um seine Schultasche zu holen. Liam hatte sich über ihn lustig gemacht, so wie er jetzt die tote Spinne verhöhnte, und es war Simon schwergefallen, die Türklinke in die Hand zu nehmen. Es war schon richtig, dass er seine Schultasche vergessen hatte – Simon vergaß alles –, aber Benjamin hatte ihm auch angemerkt, dass ihm die Sache mit den Spinnen nicht gefiel. Erst war er total begeistert, aber schon nach der ersten Spinne passierte etwas mit ihm. Sein Blick fing an zu flackern, sein Körper wurde unruhig, sein Lachen schrill und hysterisch.

Sie waren zusammen aufgewachsen, Benjamin und Simon. Simons Mutter wohnte zur Miete in einem abgelegenen kleinen Haus am Ende der Straße. Benjamin hatte sich nie darum gerissen, ihn dort zu besuchen, weil das Haus aussah, als wäre es aus einem Horrorfilm. Weil immer ein furchtbares Durcheinander herrschte. Weil Simons Mutter stumm auf dem Sofa lag. Und weil jedes Mal andere Männer in einem Meer aus Flaschen im Wohnzimmer saßen und grimmig durch den Zigarettenrauch starrten. Simon dagegen fand den Weg zu Benjamin immer.

Benjamin hatte schon früh begriffen, dass Simon nicht wie andere Kinder war. Seine Gemütsschwankungen waren heftiger. Simon konnte verschlossen und in sich gekehrt sein und kurz darauf brüllend durch Benjamins Haustür stürmen, durch das ganze Haus sprinten, die Treppe rauf und wieder runter, sämtliche Türen aufreißen, um dann durch die Hintertür zu verschwinden – und hinter sich alles offen stehen zu lassen. Simon konnte ein und dieselbe

Sache nicht nur zehn-, sondern hundertmal an einem Tag sagen. Simon durchlebte verschiedene Phasen mit fixen Ideen – zum Beispiel die Phase, in der er darauf beharrte, allem und jedem auf den Hintern zu hauen; keine gute Idee, in dieser Zeit mit ihm in den Supermarkt zu gehen. Oder auch: Gut, dass es keinen Rockertreff in der Nähe gab.

Simon gehörte nicht in eine normale Schule. Einmal hatte Benjamin seinen Vater darauf angesprochen, schließlich war er der Schulleiter. Sein Vater hatte ihn angesehen und gesagt: Wenn wir bei uns, an unserer kleinen Schule, keinen Platz für ihn haben, wie soll er ihn dann in der Welt finden, was meinst du?

Simon war verwirrt und den Tränen nah, als Liam ihn eine Memme nannte. Simon bewunderte Liam, einfach nur weil er der Größte und Stärkste an der Schule war und weil es ihm gelegentlich in den Sinn kam, Simon kräftig zwischen die Schulterblätter zu klopfen und so zu tun, als wären sie Freunde.

Aber weil Simon in Liams Augen dumm – und folglich ungefährlich – war, setzte er ihm nie wirklich hart zu. Anderen erging es viel schlimmer. Wie zum Beispiel Elias, der jetzt einen Schlag in den Nacken kassierte.

»Das war deine Spinne. Verdammt schlecht erzogen, Mann.«
»He, spinnst du?«, sagte Elias mit zusammengekniffenen Augen, den blutleeren Kopf in Erwartung des nächsten Hiebs zwischen die Schultern gezogen.
»Jetzt kommt Papas Monster.«
Die Spinne füllte Liams stattliche Handfläche aus. So groß war noch keine gewesen. Sie hatte ein gelbes Kreuz auf dem breiten Hinterleib, gebogene Beißklauen und rötlich schimmernde Haare an den Beinen. Vielleicht war es eine neue Art. Hitze schlug ihnen entgegen, als Liam die Klappe öffnete und die Spinne in den Ofen warf.
»Du stoppst die Zeit?«
Benjamin nickte, den Blick auf die Uhr gerichtet. Das Reaktionsmuster der Spinnen war immer dasselbe: Erst kauerten sie sich zusammen, dann suchten sie den Ofen rauf und runter nach einem Fluchtweg ab, und schließlich – da es überall gleichermaßen unerträglich heiß war – orientierten sie sich am Licht und warfen sich gegen das Glas. Am Ende würde sich auch diese Spinne auf dem Boden bis zur Unkenntlichkeit zusammenkrümmen, verschwinden. Genauso empfand er beim Zusehen: erst Anspannung in alle

Richtungen, Faszination, die für einen kurzen Moment leidenschaftlich tanzte, um dann ganz plötzlich zu einem kleinen harten Klumpen Ekel zu schrumpfen, in einem ansonsten leeren schwarzen Ofen.

Aus diesem Grund war Benjamins Blick eher auf Liams Profil gerichtet als auf die Spinne hinter der Scheibe. Liams Nase war wie ein Felsvorsprung. Ein Knick in der Mitte, danach freier Fall. Benjamin hatte Liam noch nie gefragt, ob er sie sich mal gebrochen hatte; so etwas bezahlte man leicht selbst mit einer kaputten Nase. Auch Liam ist hier fehl am Platz, dachte Benjamin. Er gehört woanders hin. In eine Zelle.

Unauffällig wandte er den Blick von Liam und dem Ofen ab. Sie saßen in einer Stuhlreihe wie im Theater, zwei freie Plätze zwischen ihm und Elias. Es war unmöglich, seine Miene zu deuten, sein Gesicht war verschwommen und bleich wie Teig. In einer Woche sollte das Schulfest stattfinden und überall stapelten sich Schilder, Kulissen und bunte Kostüme. Benjamin erlaubte sich, kurz den Kopf zu drehen und zu Kate zu schauen, die hinter ihnen auf der Fensterbank saß. Ausdruckslos erwiderte sie seinen Blick, dann starrte sie wieder in den Ofen.

Liam hatte es nicht kommentiert, dass Kate nicht auf einem der Stühle saß, und Benjamin wusste auch genau warum. Unter allen Schülern der Schule gab es nur drei, auf die Liam es nie abgesehen hatte.

Benjamin, weil sein Vater hier Schulleiter war. Das heißt, eigentlich nicht wegen dieser Stellung, sondern weil sein Vater der war, der er war: Johannes.

Maja, weil Liam – genau wie die Hälfte aller Jungs der Schule – in sie verliebt war. Maja, die jetzt gerade auf der Treppe vor der Schule saß und sich die Sonne auf die gebräunten Beine scheinen ließ, was Benjamin das merkwürdige Gefühl gab, dass Liam – und vielleicht auch er selbst – an sie dachte, während er dabei zusah, wie die Spinne versuchte, an der Scheibe hochzuklettern.

Kate, weil sie anders war. Dünn, schwarz gefärbte Haare, Ringe in Augenbraue, Wange und Unterlippe. Weil sie seltsame Sachen sagte. Weil ihr Vater sich in den Kopf geschossen hatte. Weil sie ein kleines Mädchen gewesen war, als er es tat. Und vor allem, weil sie ein kleines Mädchen gewesen war, das angeblich alles mit angesehen hatte.

»Das ist Mord.«

Kates Tonfall war nicht vorwurfsvoll, eher so, als hätte sie gerade das Ergebnis einer Matheaufgabe herausgefunden. Liam antwortete, ohne den Blick von den drei letzten, zitternden Spinnenbeinen abzuwenden.

»Ja, klar ist das Mord. Aber wenn sie sich ferngehalten hätte, wäre sie nie gefangen worden. Und wer weiß: Wenn wir den Bestand nicht niedrig halten, werden sie vielleicht noch größer, besetzen die Schule und übernehmen die Macht. Dann könntest du in einem Spinnennetz hängen und Bücher lesen, bis du gefressen wirst, Elias! Die bewegt sich immer noch! Das muss der Rekord sein!«

Die Tür wurde so heftig aufgestoßen, dass die Klinke gegen die Wand knallte, und Bernhard Abrahamsen, Biologie- und Physiklehrer, starrte die vier Schüler ungläubig an. Er war einer dieser älteren Lehrer, die schon bei der kleinsten Kleinigkeit ausflippen konnten. Um diese Uhrzeit hatten sie hier keinen Lehrer erwartet und jetzt hatte er sie auf frischer Tat ertappt. Er kam auf sie zu. Zwei Schritte. Abrahamsen war so unfassbar wütend, dass er in seinem roten Kopf nach Worten suchen musste. Er öffnete den Mund, aber das Einzige, was herauskam, war das Blut, das aus seiner Nase auf die Oberlippe rann. Dann kippte er der Länge nach um. In der folgenden Stille ertappte sich Benjamin dabei, dass er sich zum ersten Mal nach dem Klang von Liams schadenfrohem Gelächter sehnte.

II Erst einer, dann zwei, dann drei, dann hatten sich alle Schüler und Lehrer der Schule im Altbau versammelt. Sie verdeckten die farbigen Streifen auf dem Linoleumboden der Turnhalle und erfüllten den Raum mit dem Summen ihrer Stimmen.

Durch die schmalen Fenster unter der Decke fiel das Licht wie aus einer Reihe Theaterspots. Benjamin musste die Augen zusammenkneifen. In seinen Ohren hallte noch immer das Echo der Sirenen wider, als man Abrahamsen weggebracht hatte. Auf seiner Netzhaut brannte das Bild des Krankenwagens, der davonraste, aber dabei so hoffnungslos langsam wirkte, als krieche er träge zur Landstraße.

Liam stand mit schiefem Grinsen vor der Sprossenwand. Seine Boxernase witterte offenbar schon, dass es demnächst Freistunden regnen würde. Er hielt sich an einer Sprosse über seinem Kopf fest, damit alle seine muskulösen Oberarme bewundern konnten, die irgendwie mit Majas Brüsten am anderen Ende der Halle zu kommunizieren schienen. Sie stand in ihrem kurzen grünen Rock vor der gegenüberliegenden Sprossenwand, die blonden Haare zu einem Pferdeschwanz zusammengenommen, an dem sie mit der Hand herumspielte. Sie sah aus, als wäre sie aus hellbraunem Marmor gemeißelt. Als sie sich auf die Unterlippe biss, konnte man ihre weißen Zähne sehen.

Dann fing der Schulleiter hinter dem schmalen Holzpult an zu sprechen und Benjamin richtete den Blick auf seinen Vater. Groß, schlank, mit hochgekrempelten Hemdsärmeln und kurz geschnittenen grauen Haaren sah er fast genauso aus wie bei dem Schulfest anlässlich der geglückten Rettung der Schule vor zwei Jahren. Damals war der Hof mit Fähnchen geschmückt gewesen, genau wie der Sportplatz, der an die benachbarten Felder grenzte. »Die Zukunft der Gesellschaft«, hatten die Medien geschrieben und sogar landesweit erscheinende Zeitungen hatten den Mann porträtiert, der eine von der Schließung bedrohte »Dorfschule«, wie sie es nannten, gerettet hatte, indem er sie zu einem unverzichtbaren Dreh- und Angelpunkt in der Region machte. Der Kommune hatte man zugleich eine Menge Geld gespart, weil sie Schüler aufnahm, die man sonst für viel Geld irgendwo hätte unterbringen müssen. Die Schule feierte das mit einem Fest, zu dem alle Mitbürger eingeladen waren. Benjamin hatte glühend vor Stolz neben seinem Vater gestanden, als der die Gäste neben der Statue im Schulhof willkommen hieß.

Jetzt war die Situation anders. Nicht nur wegen Abrahamsens »Unwohlsein bei dieser ungewohnten Hitze«, wie sein Vater sich ausdrückte, sondern auch weil Benjamin sich selbst dabei ertappte, wie er immer gereizter wurde. Sie stritten sich nie, sein Vater und er. Aber seit diesem Schuljahr sprachen sie kaum mehr miteinander. Benjamin hatte sich zurückgezogen. Jetzt fühlte er sich, als wäre er zu schnell aus der Hocke aufgestanden, die Haut spannte um seinen Schädel und ihm war schwindelig. Manchmal wünschte er sich einfach nur, sein Vater wäre nicht immerzu da, wo er selbst auch gerade war. Oder dass er – Benjamin – alleine sein könnte. Er träumte von einer geheimen Höhle, die niemand außer ihm kannte. Doch, vielleicht Maja.
Er sah, dass sich Lachgrübchen auf ihrer marmornen Haut gebildet hatten, als würde sie an etwas ganz anderes denken als an das, was hier in der Turnhalle vor sich ging. Sie drehte den Kopf und Benjamin senkte den Blick. Dabei entdeckte er Elias' ausgelatschte Sneakers weniger als einen Meter von sich entfernt. Elias saß vor einem stehenden Sechstklässler auf dem Boden und kaute am Nagel seines kleinen Fingers, als ginge ihn das alles gar nichts an. Elias war clever. Er wusste alles Mögliche, konnte fast jede Frage beantwor-

ten, aber er trieb die Lehrer damit in den Wahnsinn, dass er einfach stumm dasaß, wenn er etwas gefragt wurde, um dann im Gegenzug unaufgefordert und träge die Antwort zu liefern, wenn jemand anderes das Wort hatte.
Simon war noch nicht wieder zurück und es war auch nicht sicher, dass er sich heute noch mal blicken lassen würde. Es brauchte so wenig, um ihn abzulenken. Wenn er den Krankenwagen gehört hatte, war er ihm bestimmt wie ein Hund bis zur Landstraße nachgelaufen. Das hätte er zumindest vor ein paar Jahren noch getan.
Aber das war jetzt auch egal, denn nachdem mitgeteilt worden war, dass Abrahamsens Zustand stabil sei, dass man hoffe, er könne schon bald an die Schule zurückkehren, und dass alle Eltern benachrichtigt würden, sagte der Schulleiter noch, man habe beschlossen, allen Schülern den Rest des Tages freizugeben.
»Jaaaa!«
Liam ballte triumphierend die Faust. Einige in der Turnhalle lachten, andere zischten ihm zu, er solle still sein, aber mit den lauter werdenden Stimmen standen auch schon die meisten auf. Gepolter und das Scharren von Schuhen, alle waren im Begriff, nach Hause zu gehen, als die Tür aufging und eins, zwei, drei Männer in identi-

schen schwarzen Anzügen den Raum betraten. Sie steuerten geradewegs auf den Schulleiter zu. Der kleinste von ihnen sagte etwas und Johannes musste sich nach unten beugen, um ihn zu verstehen, als wäre er ein Präsident, dem während einer Sitzung eine wichtige Nachricht übermittelt wurde.
»Ich muss euch alle bitten, einen Augenblick zu warten«, sagte er. Früher hätte es Benjamin geschmeichelt, dass sein Vater so wichtig war. Jetzt war da diese Gereiztheit, gefolgt von einem unbestimmten Drang, dem Wunsch, irgendetwas möge passieren. So ließ es sich am besten beschreiben: Benjamin hoffte geradezu, dass etwas Dramatisches geschehe. Abrahamsen würde sowieso spätestens übermorgen wieder über den Gang schlendern, so lief es doch immer. Aber wenigstens irgendetwas. Wildes.
Johannes signalisierte mit ausgestreckter Hand, dass alle noch warten sollten, während er mit den drei Männern sprach. Einer von ihnen griff in die Innentasche seines Sakkos und zeigte ihm etwas. Sie wechselten noch ein paar Worte, dann nickte der Schulleiter. Der Kleinste der Männer trat ans Stehpult, das ihm bis zur Brust reichte, als wäre er einer der jüngeren Schüler. Er war offensichtlich ein unglaublich langweiliger Mensch und trotzdem wurde er

mit einem Mal zum gefährlichsten Mann der Welt, denn er sah aus wie einer, der sich vorgenommen hatte, ihre Freistunden mit einer unendlich langen Rede über etwas zutiefst Uninteressantes zu verplempern. Sie irrten sich. Er hob den Blick und sagte kurz:
»Wie ich erfahren habe, wurde der Unterricht vorzeitig beendet. Wir müssen trotzdem alle bitten, das Schulgelände vorläufig nicht zu verlassen. Vielen Dank für die Kooperationsbereitschaft.«
Dann verschwanden die drei Männer wie das, was Benjamins Dänischlehrerin Emilie »Auslassungspunkte« nannte ...

III War es heute wärmer als gestern? Benjamin stand auf dem Schulhof, wo ihn das Licht so gnadenlos blendete wie die Verhörlampe den Gefangenen im Thriller. Im Schatten des neuen Anbaus stand sein Vater und unterhielt sich mit vier Lehrern. Simon war immer noch nicht wieder aufgetaucht. Die Hofaufsicht trug eine rote Baseballkappe und Benjamin sah flüchtig, dass Emilie mit einer Gruppe Siebtklässler auf dem Sportplatz war. Sie hatte ihre Sonnenbrille aufgesetzt. Eine ganze Menge Schüler und Lehrer trotzten also der Sonne, alleine oder in Grüppchen, aber sogar die, die Schlagball spielten, die auf dem Fußballplatz und die unter den Basketballkörben schienen sich in Zeitlupe zu bewegen. Lag es am Wetter – dem wärmsten Jahr aller Zeiten – oder war es Lustlosigkeit als Folge der Tatsache, dass alle, die Großen wie die Kleinen, zu einer Art kollektivem Nachsitzen verdonnert worden waren? Oder sah es nur in Benjamins Kopf so aus, als liefen die Dinge nicht im richtigen Tempo ab? Manchmal kam es ihm so vor, als wäre der Ton schneller als das Bild, wie bei einer Fernsehübertragung, wenn sich der Mund des Sprechers bewegte, ohne eine Verbindung zu den Worten zu schaffen, die von irgendwo jenseits des Bildschirms zu kommen schienen.

Maja war nirgends zu sehen, aber Benjamin entdeckte Kate, die an die Statue gelehnt auf dem Boden saß. Der Dichter ließ sich vom Wetter nicht stören, sondern hielt Kinn und Nasenspitze hochgereckt in Richtung Zukunft und Landstraße, wo ein großer schwerer Laster vorbeidonnerte. Sein Dröhnen erreichte den Schulhof wie das ferne Rauschen der Abwasserrohre.

Es war der Stolz dieser Schule, dass der Nationaldichter vor Ewigkeiten Schüler dieser Schule gewesen war. Dass man vielerorts – auch über die Landesgrenzen hinaus – seine Worte und Gedanken teilte und diskutierte. Die Geschichte von der Kröte am Wegesrand. Die Beschreibung des Grashalms auf seinem Weg durch den Asphalt. Die Erzählung vom Kind, das auf einem Berggipfel aufwächst. Sein Roman über den Jungen und den Tod.

In diesem Moment legte Kate jedenfalls großen Wert auf den kurzen Schatten, den der Dichter von seinem Sockel auf sie und ihren Computer warf. Es war nicht sicher, ob sie überhaupt in der Turnhalle dabei gewesen war. Benjamin wusste, dass Kate bei ihrem Onkel und ihrer Tante wohnte. Er überlegte, ob die Sache mit Abrahamsen sie womöglich an ihren Vater erinnert hatte, aber falls es so war, ließ sie es sich nicht anmerken.

»Ein Waran verbringt die ersten zwei Lebensjahre auf einem Baum, um nicht von anderen Waranen gefressen zu werden«, sagte Kate. »Erst wenn er groß genug ist, um nicht mehr verschluckt zu werden, klettert er auf den Boden, wo er hingehört.«

»Okay.«

Es war Benjamin schon immer schwergefallen, sich mit Kate zu unterhalten. Es kam ihm jedes Mal vor, als würde ihr Gespräch vom Knall des Jagdgewehrs unterbrochen, von der Hirnmasse ihres Vaters, die an die Wand spritzte und sie beide stumm zurückließ. Jetzt ging es ihm zum ersten Mal umgekehrt. Er hatte auf Teufel komm raus das Gefühl, daran denken zu müssen, ihr etwas Wichtiges zu sagen. Also, wenn man das umgekehrt nennen konnte.

»Glaubst du, es gibt einen Gott?«

Er war selbst genauso überrascht wie Kate, die ihre Augen zusammenkniff, als hätte Benjamin Gott *himself* irgendwo in dem wasserblauen Himmel ausfindig gemacht. Es musste das Profil des Dichters sein, das ihn auf solche Gedanken brachte.

»Meinst du einen Gott, der die Warane erschaffen hat?«

»Und die Spinnen.«

»Mein Gott ist ein Hobbymaler. Er hat seinen anstrengenden Karrierejob gekündigt, sich ein billiges Haus auf dem Land gekauft – zum Beispiel hier in der Gegend – und sich dann auf den Hügel gesetzt und ein Aquarell der Schule gemalt, bevor er weitergegangen ist und eine Kuh gemalt hat, einen Holunderbaum oder einen plätschernden Bach. Vielleicht hat er seine Bilder kurzzeitig in der örtlichen Bibliothek ausgestellt, aber dann hatte er sie wohl vergessen. Offenbar fühlt er sich nicht für sie verantwortlich.«

Benjamin nickte, blickte zum Horizont und bemühte sich, nachdenklich auszusehen, während er nach einer Möglichkeit suchte, aus diesem Gespräch rauszukommen, das er selbst angefangen hatte, aber von vorne bis hinten nicht kapierte. Er sah sich nach einem Fluchtweg um, dabei kannte er jede Menge Mitschüler, die Kate ohne Probleme den Rücken zugekehrt hätten und einfach gegangen wären. Es lag nur an dieser verfluchten Erziehung; daran, dass man ihm beigebracht hatte, dass man mit *jedem* redete. Genau wie sein Vater, der mit allen und jedem reden konnte. Aber Höflichkeit war Selbstgeißelung. Man schwang sich die Peitsche über den Rücken und sagte äh!, ah!, oh!. Benjamin bemerkte den Umriss seines Vaters hinter dem Bürofenster, der wirkte, wie die glitzernde Reflexion eines großen Fischs unter Wasser. Wenn er seine Gestik richtig deutete, kommunizierte er gerade mit jemandem am Bildschirm.

»Da.«

Kate zeigte zu dem benachbarten Dreiseithof. Die Sonne flimmerte über dem lang gezogenen Stallgebäude, als wäre das Wellblechdach ein heißer Toaster. Damals, als die Schule gegründet wurde, hatte man dem Großvater oder Urgroßvater des Bauern Grund abgekauft. Es gab schon immer Probleme mit der Feuchtigkeit, weil die Gebäude so tief lagen, aber inzwischen hätte es einen Monat am Stück durchregnen können, ohne dass jemand nasse Füße bekommen würde. Benjamin scannte den Hof ab, ließ den Blick zum Wikingergrab wandern, das von einem breiten Kragen aus hohem gelbem Gras eingerahmt war, und weiter zur Landstraße. Er sah eins, zwei, drei, fünfzig schokoladenbraune Kühe, aber keinen älteren Herrn mit weißem Bart und Staffelei.

»Diese drei Männer«, sagte Kate. »Der schwarze Wagen parkt hinter dem Silo.«

Benjamin starrte zu dem raketenähnlichen Silo vor dem Hof. Er konnte weder ein Auto noch die Männer erkennen. Im Hintergrund stand ein grünlicher Traktor, aber nicht mal der Bauer war irgendwo zu sehen. Die einzigen Lebewesen waren die Kühe und in die Frage, welchen Platz Kühe in der Schöpfungsgeschichte einnahmen, wollte er sich lieber nicht reinziehen lassen. Wie viele Mägen hatte eine Kuh noch gleich?

Benjamin wurde von seinem Vater gerettet, der auf der Treppe erschien und alle in die Turnhalle rief. Er tat das mit dem Megafon, das bei Feuer-Probealarm eingesetzt wurde. Es hatte seinen festen Platz in einer bestimmten Schublade im Büro des Schulleiters, immer einsatzbereit. Benjamin kannte das Büro wie seine Hosentasche. Er wusste sogar, wo die Pistole lag, obwohl sein Vater ihm nie erzählt hatte, dass es eine Pistole an der Schule gab. Früher war Benjamin so stolz darauf gewesen, eingerahmt auf dem Schreibtisch des Schulleiters zu stehen. Es war ein Foto von seiner Mutter und ihm auf einem Kreuzfahrtschiff, im Hintergrund das türkisblaue Meer und eine Ferieninsel. Er war ein dünnes, braun gebranntes Kind mit großen Schneidezähnen und seine Mutter sah jung und sonnengebräunt aus. Mittlerweile hoffte er, dass das Bild eines Tages Opfer einer Entführung werde. Dass es zwischen den Fischen auf dem Meeresgrund verschwinde. Mit einem Betonklotz am Rahmen.

Das erinnerte Benjamin daran, dass er sein Taschenmesser vermisste. Er verdächtigte Liam, es gestohlen zu haben. Es war das Messer seines Urgroßvaters, der es im Krieg bei sich trug. Dieses Messer hatte seinen Vorfahren geholfen, ein Schloss zu knacken und aus einem Lager zu fliehen, in das sie deportiert worden waren. So hatte man es ihm erzählt, als er klein war: Ohne dieses Messer gäbe es keinen Benjamin.

Seit einer guten Viertelstunde hätte der Großteil der Lehrer und Schüler eigentlich freigehabt und es gab viele Fragen. Die Unzufriedenheit schwang zwischen den Sprossenwänden in der Turnhalle. Ein Lehrer musste sein Kind im Kindergarten abholen. Eine Schülerin musste zu ihrem Job an der Tankstelle. Einer wollte wissen, ob das Ganze mit der Grippeepidemie in der Hauptstadt zusammenhing. Benjamins Vater wiederholte, dass sie auf Anweisung des Innenministeriums auf dem Schulgelände ausharren mussten. Er bat alle ganz persönlich, sich daran zu halten.
»Ich bin sicher, dass es bald überstanden ist«, sagte er, »und dass wir eine vernünftige Erklärung für alles bekommen werden.«
Er erwarte die Klärung der Lage innerhalb der nächsten Stunde

und selbstverständlich stünden sämtliche Mittel der Schule zur Verfügung, um Familie, Einrichtungen und mögliche Arbeitgeber zu kontaktieren. In der Mensa gebe es Essen und Getränke für alle. Heidi, die Deutschlehrerin, sie stand genau vor Benjamin und seinen Freunden, bekam das Wort erteilt.

»... Ich finde ... Also, ich meine ... Entschuldigung, ich habe vergessen, was ich sagen wollte ... Entschuldigung.«

»Ich habe gefurzt«, sagte Liam.

»Meine Mutter ist krank, ich muss nach Hause, um mit Rex Gassi zu gehen«, flüsterte Julie aus Majas Klasse. Maja rümpfte die Nase. »Hier riecht's komisch.«

»Meine Stinker lähmen jedes Hirn«, sagte Liam.

»Du bist so ekelhaft.« Maja rückte ab.

Benjamin konnte nichts riechen, jedenfalls nichts anderes als Majas Duft, als sie ihnen den Rücken zukehrte. Seine Augen begegneten der Dänischlehrerin, Emilie. Der Blick, den sie ihm zuwarf, hieß so viel wie: Wir müssen durchhalten, genau wie dein Vater.

»Elias schnüffelt«, sagte Liam und knuffte den Jungen, der an seinem linken Zeigefingernagel kaute. »Es gefällt ihm!«

»Wenn du auch nur ein bisschen was kapieren würdest«, sagte

Elias tonlos und schaute zu Heidi, die in die Hocke gegangen war, »dann hättest du genau jetzt die Hosen wirklich voll.«

»Ha!« Liam lachte unsicher. »Ha! Ha!«

IV Benjamin überlegte, ob er nach Hause gehen sollte. Er hatte beobachtet, wie ein Schüler aus der 4. Klasse gegangen war. Ein anderer war von einem Auto abgeholt worden. Thomas, der Musiklehrer, war heimlich auf seinem Fahrrad verschwunden. Nichts hinderte ihn daran, dasselbe zu tun. Er starrte zur Straße. Sein Blick folgte dem menschenleeren Streifen Asphalt, schlängelte sich an dem Hof vorbei zur Landstraße, als würde sie über seine Zukunft entscheiden. Aber es gab Dinge, die man nicht machte, wenn man der Sohn des Schulleiters war. Oder die man nicht machte, wenn man Benjamin war. Er wusste selbst nicht, wo das eine aufhörte und das andere anfing. Er wusste nur, dass er Simon manchmal beneidete. Einfach eine Tür aufzureißen, ohne jedes Mal darüber nachzudenken, sie den anderen aufzuhalten oder wieder hinter sich zuzumachen.

Benjamins Mutter rief an, aber in einem Anfall von Trotz ging er nicht ran, weil es endgültig bewiesen hätte, dass er zu denen gehörte, die jeder Autorität aufs Wort gehorchten. Er sah, wie ein Laster und ein Minibus auf der Landstraße vorbeifuhren, während sein Handy klingelte, und stellte sich vor, er würde sich einfach an den Straßenrand stellen und bis ans Ende der Welt trampen.

Es gehörte mehr als nur die Anweisung eines Innenministeriums dazu, um Liam über das Unterrichtsende hinaus in der Schule zu halten, und dieses Mehr hieß Maja, um die Liam ruhelos seine Kreise zog, während sie es im Gegenzug genoss, aufreizend über die Flure und den Schulhof zu stolzieren und ihrem Modelagenten lautstark zu erklären, warum sie womöglich verspätet zum Fotoshooting für den Supermarktprospekt kommen würde.
Benjamins Vater stand am Fenster seines Büros und sah auf den Hof hinunter. Im selben Moment meldete Benjamins Handy eine Nachricht seiner Mutter.

Hallo, Benjamin. Ich habe gehört, dass es heute länger dauern wird, bis ihr nach Hause kommt. Mache mir Sorgen, aber Papa sagt, alles wird gut. In der einen Nachrichtensendung war die Rede von einer Grippeepidemie, in der anderen kam gar nichts darüber. Soll ich dein Lieblingsessen kochen? Falls du noch Zeit hast, könntest du noch kurz zum Supermarkt und Zwiebeln kaufen? LG Mama

Für einen kurzen Moment streifte ihn ein schlechtes Gewissen, als hätte er heute zum Frühstück sämtliche Zwiebeln gefressen. Er stand reglos da und spürte dem Gefühl nach. Lag es daran, dass er sich nicht von der absurden Idee befreien konnte, die drei Männer wären gekommen, um ihn zu holen? Nicht, dass er etwas getan hätte – außer Benjamin zu sein –, aber in seiner Fantasie war er derjenige, den sie suchten. Würde er sich melden, dürften alle anderen gehen. Er stellte sich den Schulhof voller Schüler und Lehrer vor, die ihm bei seinem schweren Weg zu den Silos zusahen, wo die drei Männer schon auf ihn warteten. Wie einer von ihnen die Autotür öffnete und wie die Zuschauer ihn in dem schwarzen Wagen verschwinden sahen. Danach hatten alle anderen die Freiheit zu tun, worauf sie Lust hatten.

Als Benjamin seiner Mutter antworten wollte, hatte er plötzlich kein Netz mehr, als läge das Handy im Kofferraum eines Autos. Benjamin dachte für einen kurzen Moment darüber nach, wie es wäre, eine Kuh zu sein. Was es für ein Dasein wäre, braun zu sein, einen dicken Hintern zu haben und seine Tage damit zu verbringen, am einen Ende Gras zu kauen, um es am anderen Ende als tortengroßen Haufen wieder rausfallen zu lassen. Was war eigentlich der Unterschied zwischen seinem Leben und dem einer Kuh? Abgesehen davon, dass eine Kuh natürlich kein Problem damit hatte, die anderen Kühe anzurufen.

Apropos Kuh oder zumindest apropos tun, was einem gerade einfiel: Simon kam *ohne* seine Tasche auf die Schule zugerannt. Als er Benjamin entdeckte, änderte sich sein Gesichtsausdruck.

»Du hast deine Tasche vergessen«, sagte Benjamin.

»Ja.«

»Wir haben freibekommen.«

»Ja.«

»Müssen aber in der Schule bleiben.«

»Ja.«

»Bei dir alles in Ordnung?«

»Ja«, antwortete Simon und drehte ihm den Rücken zu.

V Da die Schule in einer Senke lag, hatte es schon immer Probleme mit der Netzabdeckung gegeben. Hätte sie in der Hauptstadt in einer Senke gelegen, wäre das Problem an einem Nachmittag behoben gewesen, aber hier draußen konnte der Empfang über Jahre kommen und gehen, ohne dass jemand etwas unternahm. Wenn man zur Landstraße ging, kam man meistens ganz gut durch. Aber wollten sie wirklich, dass sich die Schüler an eine Schnellstraße hockten oder der Statue eines Nationaldichters auf den Kopf kletterten, um ihre Aufgaben zu lösen? Man kam nicht umhin, das Ganze als eine Art Schikane aufzufassen. Als wollte man die Menschen dazu zwingen, sich in den großen Städten zusammenzuballen. Und jetzt ging gar nichts mehr. Sämtliche elektronischen Verbindungen und Signale waren tot.

Am liebsten wäre man aus purem Protest abgehauen, aber es wurde beschlossen, das Beste aus der Situation zu machen, und deshalb halfen Lehrer und Schüler, eine lange Reihe aus Tischen und Stühlen in der Turnhalle aufzubauen. Man deckte zusammen den Tisch und servierte das Essen, als wäre alles so geplant. Man erzählte von damals, als man am Flughafen gestrandet war, was sich als das denkwürdigste Ereignis einer Ferienreise herausgestellt hatte.

Oder von dem Weihnachtsfest, als der Strom ausgefallen war und im magischen Schein der Kerzen gefeiert wurde. Der Schulleiter klopfte an sein Glas und stand auf.

»Wenn ich uns hier so versammelt sehe, kann ich kaum glauben, dass unser Schulfest erst in fünf Tagen stattfinden soll. Das zeigt, wie anpassungsfähig wir sind, hier, wo wir um alles kämpfen müssen, weil uns nichts auf dem Silbertablett serviert wird. Ich warte noch immer auf Antwort, wann wir nach Haus dürfen, und danke euch für eure Geduld und eure positive Einstellung. Ich bin sicher, dass so etwas nicht unbemerkt bleiben wird.«

Johannes ließ den Blick langsam durch den Raum wandern, dann fuhr er fort.

»Wir haben den wärmsten Sommer seit Bestehen der Schule und da kann man sich nur schwer vorstellen, wie kalt es in der Antarktis ist«, sagte er und zeigte auf sein Glas. »Aber dort ist es so kalt, dass der Inhalt dieses Glases an der Luft schneller zu Eis gefriert, als man bis fünf zählen kann. Selbst für einen Pinguin ist so ein Winter mitunter lebensgefährlich. Aber die Pinguine überleben, indem sie zusammenhalten. Und zwar buchstäblich: Sie stellen sich auf – bis zu mehreren Hundert Pinguinen – und bilden einen dichten Pulk, um die Wärme zu halten. Die Pinguine, die ganz am Rand stehen, werden natürlich einer extremen Kälte ausgesetzt, aber die Tiere haben ein Rotationssystem entwickelt und wechseln sich außen ab. Auf diese Weise überleben alle, wo viele von ihnen dran glauben müssten, wenn jeder nur an sich denken würde.«

Johannes erhob sein Glas.

»Um bei dem Bild zu bleiben: Unsere Schule hatte schon viele harte Winter, besonders in den letzten Jahren, aber wir haben sie alle überlebt, indem wir zusammengestanden und uns abgewechselt haben. Ich danke euch allen dafür, dass ihr innen wie außen wart – und für euren engen Zusammenhalt.«

Benjamin bemerkte, wie der Blick seines Vaters für einen Moment bei seiner Dänischlehrerin Emilie verharrte, die eine der hartnäckigsten Kämpferinnen für das Überleben der Schule gewesen war. Sie hatte Leserbriefe geschrieben, Flyer verfasst, war die treibende Kraft hinter der abschließenden Demonstration gewesen und hatte sich abwechselnd mit seinem Vater in den Medien geäußert.

»Ich bin ein Waran im Kostüm eines Pinguins«, sagte Kate.

Elias, der Benjamin gegenübersaß, verzog keine Miene.

»Du bist ein Freak im Kostüm eines noch freakigeren Freaks«, sagte Liam, den Mund voller Fladenbrot.
Maja seufzte, ob nun über ihre Klassenkameraden oder wegen der gescheiterten Modelkarriere, die sie den ganzen Nachmittag wie ein Diadem mit sich herumgetragen hatte. Simon war stiller als gewöhnlich.
Emilie stammte nicht aus der Gegend, sie war an einem der ruhmreichen Hauptstadtseminare ausgebildet worden, aber das Landleben an einer kleinen Schule, die versuchte, sich von anderen abzuheben, hatte sie gereizt. Vor fünf Jahren hatte sie Benjamins Klasse übernommen. Es war ihre erste Klasse überhaupt. Benjamins Blick ruhte auf Emilie, als sie sich umdrehte und ihm freundlich zulächelte, was er mit einem verschämten Zucken erwiderte.
Es war nicht so, dass Emilie ihm mehr Ruhe vermittelte als sein Vater. Aber ihr gelang etwas anderes. Benjamin hatte die vage Ahnung, dass sie die einzige Erwachsene war, die ihn verstand. Deshalb entschied er sich auch dafür, sich an dem Quiz zu beteiligen, das für alle Klassen arrangiert wurde. Liam dagegen meinte, durchschaut zu haben, dass es sich dabei um getarnten Unterricht handelte. Außerdem war es unmöglich zu schummeln, solange ihre

Handys keinen Empfang hatten. Die erste Frage betraf den Dichter auf dem Schulhof.

»Wann wurde er geboren?«, fragte Emilie. »Geburtsjahr und gerne auch das Datum. Beides steht auf dem Sockel der Statue.«

Benjamin meldete sich, aber er wurde von einem lauten Donnergrollen unterbrochen. Als der Krach gar nicht wieder aufhörte und die Blitze ununterbrochen über die Decke und Fenster der Turnhalle jagten, hasteten Johannes und einige Lehrer zur Tür. Kurz darauf versammelten sich alle in der Nähe des Eingangs auf dem Schulhof.

Da waren eins, zwei, drei, vier oder fünf große Lastwagen und eine entsprechende Anzahl orangefarbener Bagger, deren Scheinwerfer hierhin und dorthin fegten. Sie rollten lärmend vor und zurück wie Monster in einem gewaltigen Kampf, bei dem ein Mensch nur Zuschauer sein konnte. Johannes näherte sich furchtlos. Eines der Monster zögerte, eine schwarze Silhouette beugte sich aus dem Führerhaus und Benjamin konnte an der Körpersprache seines Vaters erkennen, wie aufgebracht er war. Hinter Benjamin fragte jemand:

»Was machen die da?«

Ein Lehrer machte eine humoristische Bemerkung, dass vielleicht endlich das Geld für den lange ersehnten Umbau bewilligt worden sei. Ein anderer meinte, dass es aber dann ja wohl Schwarzarbeit wäre. Benjamin stand neben Emilie. Die Arbeiter hantierten mit langen Rohren, als ginge es darum, Erdbohrungen vorzunehmen. Dann kam das Drahtgitter. Es glänzte wie ein Fischernetz, das aus dem Wasser gezogen wurde. Als Johannes zu ihnen zurückkam, sah es aus, als hinge er zappelnd darin fest.

»Was wird das?«, fragte Emilie.

»Sie errichten einen Zaun um die Schule. Sie sagen, es sei zu unserem eigenen Besten.«

VI Gemeinsam schleppten sie Matten und Matratzen in die Turnhalle. Man hatte Polster und Kissen aus dem Lehrerzimmer und dem Aufenthaltsraum zusammengesucht. In den Klassenzimmern waren die Vorhänge abgenommen worden, um sie als Decken zu verwenden. Die unglücklichsten und ängstlichsten Schüler wurden getröstet. Inzwischen war die Turnhalle eingerichtet und erinnerte ein wenig an das Notfallszenario in einer Sportarena, irgendwo auf der Welt, wo die Menschen regelmäßig von Tornados und Überschwemmungen heimgesucht wurden. Für die Kleinen wurde ein Zeichentrickfilm gezeigt, es gab einen Film für die Unterstufe und einen dritten für die älteren Schüler.

Die Hausmeisterleiter stand am Giebel des neuen Anbaus und Benjamin fand seinen Vater oben auf dem Dach. Entlang des Schulhofs und des Sportplatzes konnte man den vier Meter hohen Zaun erahnen wie die flimmernden Blätter einer Hecke. Es war nicht erlaubt, sich auf dem Schuldach aufzuhalten. Wenn ein Ball hier oben landete, musste man sich an die Hofaufsicht wenden oder sich im Büro melden. Aber jetzt standen sie da.

»Bei dir alles okay?«

»Ja. Aber ich kapiere das alles nicht.«

»Ich auch nicht, Benja. Noch nicht. Ich denke, es ist ungefähr so, als würde man eine neue Sprache lernen. Am Anfang versteht man kein Wort.«

Auf der Landstraße bildeten die Scheinwerfer der Lastwagen eine ununterbrochene Lichterkette. Sie drehten sich beide um, als die Leiter knackte. Es war Emilie. Sie streifte Benjamins Arm.

»Wie geht es Heidi?«, fragte sein Vater.

»Sie hat immer noch Fieber. Sie liegt im Büro des Konrektors.«

»Irgendwelche Nachrichten?«

»Keine. Auf dem Bildschirm steht unverändert dasselbe: BITTE SCHULGELÄNDE NICHT VERLASSEN UND AUF WEITERE ANWEISUNGEN WARTEN.«

»Hast du ihre Anzüge gesehen?«

Emilie schüttelte den Kopf. Als Benjamins Vater nichts weiter sagte, seufzte sie.

»Als ich im Sommer auf Bali war, hing derselbe Infotext unter dem Badezimmerspiegel, wie wahrscheinlich in allen Hotels auf der ganzen Welt: *Üblicherweise wechseln wir die Handtücher jeden Tag, aber wir entsprechen gerne dem Wunsch unserer Gäste nach mehr Umweltfreundlichkeit. Sie können Ihren Teil dazu beitragen, indem Sie uns in un-*

seren Bemühungen unterstützen. Darauf hat man die Wahl, das Handtuch aufzuhängen oder es in die Badewanne zu werfen. Dann die Aufforderung: *Gemeinsam können wir viel Wasser und Energie sparen und die Belastung der Umwelt mit schädlichen Stoffen minimieren.* Ich habe es jedes Mal wieder gelesen und nicht mal als ich nach einem Monat abgereist bin, konnte ich sagen, ob das, was da stand, richtig oder falsch ist. Also, was es im Grunde bedeutet.«

»Vielleicht hättest du auf Bali bleiben sollen.«

»Nein. Was ich meine, ist: Worum geht es hier wirklich?«

»Keine Ahnung.«

»Doch, die hast du.«

»Du hast wie immer recht, Emilie. Es ist eine Art Quarantäne. Ich glaube, das bedeutet, dass wir stärker zusammenhalten müssen als je zuvor. Dass ich dich dieses Mal wirklich brauche.«

VII

Er wachte auf und dachte, er sei zu Hause in seinem Bett. Dann hörte er ein Schnarchen, einen zweiten Atem ganz nah. Benjamin hob den Kopf und erahnte die Umrisse der kleinen schlafenden Inseln auf dem Linoleumboden der Turnhalle, der im Mondlicht wie Marmor schimmerte. Er dachte an seine Mutter. Er dachte daran abzuhauen. Er zog die Decke bis unters Kinn und schloss die Augen.

Es gab keinen Empfang und deshalb nichts Neues und so begannen sie den Tag mit einem gemeinsamen Lied. *Im Osten geht die Sonne auf.* In den Klassenzimmern gab es Frühstück. Die erste Stunde nutzten sie, um über die Situation zu sprechen, danach begann der Unterricht. Nach Stundenplan. Aber niemand hatte gut geschlafen und unter der Oberfläche lauerte die Panik.

Maja beklagte sich über die Zustände, wobei sie gleichzeitig besser aussah als je zuvor. Sie war im Bad gewesen, hatte sich geschminkt und musste Wechselklamotten dabeigehabt haben, denn jetzt trug sie schmale Jeans und ein gelbes, eng anliegendes Tanktop. Benjamin sah sich in der Klasse um, eine Reihe müder Gesichter. Liam gähnte laut. Simons Haare standen in alle Richtungen ab. Nur Emilie

am Pult sah frisch aus, obwohl sie dieselben Sachen anhatte wie gestern. Benjamin strich sich vorsichtig die Haare am Hinterkopf glatt. Lehrer und Schüler klagten über Kopfschmerzen. Übelkeit. Fieber. Alle waren besorgt. Ein Schüler aus der 3. Klasse brach zusammen, als er im Unterricht eine Frage beantworten sollte, er schrie:
»Ich will nach Hause! Ich will nach Hause! Ich will nach Hause!«

In der Pause tigerten alle über den Schulhof wie Tiere im Zoo, die ihr neues Gehege erforschten. Auch wenn es keine Ecke auf dem Schulgelände gab, die man nach so vielen Jahren nicht kannte, sah alles ganz anders aus, jetzt, wo es von einem hohen Zaun umgeben war. Sogar der Dichter auf seinem Sockel wirkte verändert.
Es fehlten ein Lehrer und drei Schüler. Sie waren offenbar über den Zaun geklettert. Benjamin fragte sich, ob seinem Vater bewusst war, dass sie weg waren, aber er traute sich nicht, ihn darauf anzusprechen. Stattdessen drehte er weiter ruhelos seine Runden und schnappte Sätze und Bemerkungen auf, als würde er sich durch die Sender eines Radios schalten. Es waren eins, zwei, drei, vier Sender:
»Mein Hund hat gebellt, als ich gegangen bin. Das macht er sonst nie – er muss es gespürt haben.«

»Die Regierung ist dafür verantwortlich. Die wollen uns erst rauslassen, wenn wir das Land mit dem besten Notendurchschnitt der Welt sind.«
»Das ist genauso, als würde man auf der Autobahn in irgendeinem bescheuerten Stau stehen.«
»Mein Onkel sagt, dass man für so was Schadenersatz verlangen kann. Man muss nur daran denken, hinterher einen Antrag zu stellen.«

Benjamin versuchte zum Gott weiß wievielten Mal, seine Mutter anzurufen. Ihre Nachricht stand immer noch ganz oben auf dem Display. Er versuchte auch, verschiedene andere Nummern zu erreichen. Sogar die Pizzeria am Marktplatz – als wäre es einfacher durchzukommen, wenn man eine Nr. 13 mit Knoblauch und Chili bestellen wollte. Aber nichts: Keine Stimme, die mit Akzent *Gottnabnd* sagte, egal wie viel Uhr es war.
Benjamin wusste, dass auch sein Vater vergeblich versuchte, mit der Umwelt in Kontakt zu treten. Dass er es mit Sicherheit die ganze Nacht über probiert hatte. Und er wusste, dass sein Vater garantiert mit demselben Gedanken gespielt hatte: Den Zaun einfach

niederzureißen und nach Hause zu gehen. Aber auch, dass ihm mit Sicherheit das Merkwürdigste von allem aufgefallen war: Wieso kam niemand zur Schule? Postauto? Catering? Die Lehrer und Schüler, die abgehauen waren? Wo blieben die ganzen Eltern?
Es war, als hätte sich die Schule in weniger als vierundzwanzig Stunden in eine einsame Insel verwandelt.

In der Frühstückspause versammelten sich Schüler und Lehrer erneut in der Turnhalle. Der Schulleiter stellte sich hinter das Pult.
»Ich weiß, dass einige gegangen sind«, sagte er. »Das ist falsch und wird als Schwänzen betrachtet. Wir müssen hierbleiben, auch wenn jeder von uns nach Hause möchte. Wir müssen allen zeigen, aus welchem Holz diese Schule geschnitzt ist. Wir haben es schon früher bewiesen: Wenn es schwierig wird, halten wir zusammen.«
Er machte eine Pause und blickte über die Versammlung, bevor er seine Rede damit beendete, sie alle zu beruhigen.
»Ihr könnt sicher sein, dass ununterbrochen an der Angelegenheit gearbeitet wird. Ich bin davon überzeugt, dass das Ganze in kürzester Zeit überstanden sein wird. Dass sehr bald etwas passieren wird.«

Es passierte weniger als eine Pause später: Ein großer schwarzer Vogel tauchte auf.

Mit seiner Spannweite und seinem eleganten Schwebeflug erinnerte er an einen Steinadler. Erst aus der Nähe konnte man erkennen, dass es sich dabei um ein kleineres, mechanisches Fluggerät handelte, das ununterbrochen hoch über der Schule kreiste. Es waren langsame Kreise, als wäre es gedankenverloren, kaputt oder als würde es versuchen, seine Beute zu hypnotisieren.

VIII

Lehrer und Schüler hielten sich schützend die Hände vor die Augen und spähten in den Himmel. Sie wussten nicht, was sie davon halten sollten, was es zu bedeuten hatte. Aber Simon stand neben Benjamin und gluckste, als wäre das Gerät Unterrichtsmaterial der Schule, das auf eine Flugbahn außerhalb menschlicher Reichweite geschickt worden war. Irgendwie sah es tatsächlich komisch aus, als hätte sich ein mechanisches Flugzeug in eine alte Schule verliebt, und irgendwie erinnerte es auch an einen Raubvogel, der geduldig auf seine Beute wartete, die sich im Gras oder im Schatten auf dem Schulgelände versteckte.

Dann dröhnten dumpfe Schläge und ein stetig lauter werdendes Brummen durch die Luft, bis ein Hubschrauber am Himmel auftauchte, der sich näherte, als wollte er das unaufmerksame Flugobjekt verscheuchen wie die Hofaufsicht den letzten Schüler, der das Klingeln überhört hatte.

Der Hubschrauber flog über die Schule, höher als das kleine Fluggerät und zu hoch, um zu erkennen, was auf der Seite stand und wer sich im Cockpit befand. Er drehte eine Runde über den Sportplatz, dann wurde eine Kiste abgeworfen, die an einem orangefarbenen Fallschirm auf den Boden schwebte – und kurz darauf war der Hubschrauber nicht mehr als ein fernes Geräusch, wie ein Fischkutter draußen auf dem Meer. Währenddessen schwebte der mechanische Vogel unbeirrt über der Schule.

Die Kiste war aus druckimprägniertem Holz und ungefähr so groß wie die Tonne, die der Hausmeister für Gartenabfälle nutzte. Der Inhalt war in große grüne Planen gewickelt. Ganz oben in der Kiste lag dieselbe Nachricht, die auch auf dem Bildschirm stand: BITTE SCHULGELÄNDE NICHT VERLASSEN UND AUF WEITERE ANWEISUNGEN WARTEN. Darüber hinaus enthielt sie: Essen, Getränke, Süßigkeiten, Decken, Filme, zwei große Pakete mit Medikamenten und einen Stapel Regencapes. Der Inhalt wurde aufgeteilt und näher untersucht. Es waren keine Regencapes. Am Reißverschluss des obersten schwarzen Leichensacks hing ein Zettel: BEERDIGT EURE TOTEN.

IX Heidi, die Deutschlehrerin, die mit blutunterlaufenen, fieberglänzenden Augen im Büro lag, fühlte sich besser. Sie stand auf, als alle im Schulhof oder auf dem Sportplatz waren. Man konnte den Blutstropfen wie einer Fährte folgen, den Gang hinunter bis in das leere Klassenzimmer der 5b, wo sie neben dem Pult tot zusammengebrochen war.

X In der aufkommenden Panik war Peter, der Sportlehrer, der Erste, der rennend über den Schulhof flüchtete. Er sprang an den Zaun und kletterte senkrecht nach oben, dann ließ er los, breitete die Arme aus und stürzte rücklings auf den Boden. So sah es aus, als der mechanische Vogel ihn mit einem einzigen Schuss herunterholte, wie eine Spinne, die ihrer Natur gehorchend das Insekt vergiftet, das den Weg in ihr Netz gefunden hat. Oder als wäre ihm jemand auf dem Flur begegnet und hätte ihm – mit einem freundschaftlichen Klaps zwischen die Schulterblätter – einen »Idiot«-Zettel auf den Rücken geklebt; eine Mohnblume, die jetzt aus seiner Brust quoll.

XI

Sie hatten es kaum geschafft, die Medikamente auszupacken und die Beipackzettel zu lesen, da waren bereits weitere Lehrer und Schüler erkrankt. Alle hatten dieselben Symptome: Übelkeit, hohes Fieber, Zahnfleisch- oder Nasenbluten und einen roten Ausschlag am Körper, häufig in Form von vier Streifen, als wäre der Patient von einer Katze gekratzt worden.

Benjamins Vater forderte die Schüler wiederholt über Lautsprecher auf, in den Klassenzimmern zu bleiben, bis ihre Lehrer mit weiteren Informationen zu ihnen zurückgekehrt waren.

Benjamin spürte, wie ängstlich Simon war. Er konnte nicht still sitzen und zitterte wie ein Blatt im Wind, die eine Hand in der Hosentasche, als würde sie Amok laufen, sobald er sie freiließ, während die andere unaufhörlich auf seinen Oberschenkel trommelte. Benjamin legte beruhigend eine Hand auf seine Schulter. Simon sah ihn mit großen Augen an und nickte, nur um sofort mit seinem nervösen Trommeln weiterzumachen. Weil Simon sich fürchtete, hatte Benjamins Angst nachgelassen. Alles erschien immer noch so unwirklich. Mehrere Klassenkameraden weinten und trösteten sich gegenseitig. Ein paar Mädchen hatten sich um Maja versammelt, die sich vorsichtig eine Träne von der Wange tupfte.

Carolines Platz war leer. Sie hatte Fieber und musste sich übergeben, deshalb war sie mit Emilie weggegangen. Ihre Sitznachbarin, Lærke, saß ganz vorne auf der Kante ihres Stuhls vor dem leer geräumten Tisch, die Arme um die Brust geschlungen.
Liam tigerte vor den Fenstern auf und ab. Sein Blick richtete sich abwechselnd zum Zaun und in den Himmel, während er immer wieder mit der Faust auf die Fensterbank schlug.
»Ich finde einen Weg hier raus! Das werde ich!«, sagte er. »Ich werde verdammt noch mal einen Weg hier rausfinden!«
Nur Elias und Kate schien die Situation nicht weiter zu beeindrucken. Elias lag auf dem Tisch, das Kinn auf die verschränkten Arme gestützt, als würde er sich rechtschaffen langweilen. Kate hatte sich auf die Fensterbank gesetzt und das Durcheinander genutzt, um sich eine Zigarette anzuzünden, die sie aus dem Fenster hielt.
»Du sollst hier nicht rauchen!«, rief Maja. »Was machst du da!? Das ist verboten. Du sollst nicht rauchen!«
Kate zog an ihrer Zigarette, blies den Rauch aus dem Fenster, dann sah sie Maja an.
»Du sollst nicht töten«, sagte sie.

Alle versammelten sich in der Turnhalle, um zu erfahren, was erlaubt war und was nicht. Benjamin fiel auf, dass der Anzug seines Vaters dreckig war, fast so, als hätte er sich auf dem Sportplatz geprügelt. Aber Johannes ließ sich nichts anmerken, er sprach wie immer ruhig und überlegt, als er ihnen mitteilte, dass das hier ein Fall von *höherer Gewalt* war – eine Notsituation, die neue Regeln erforderlich machte, Regeln, die ohne Ausnahme befolgt werden mussten.
Dann ging er sie Punkt für Punkt durch. Er erklärte, dass die Klassenlehrer als Kontaktpersonen alle Fragen und Überlegungen besprechen würden. Dass die Kranken im Physikraum untergebracht würden, damit sie umgehend in medizinische Behandlung kämen. Die neuen Regeln für Handwäsche und Hygiene. Dass es ausdrücklich verboten war, sich dem Zaun bis auf einen Meter zu nähern. Regeln, wie in dieser Situation, die hoffentlich bald überstanden sein würde, an der Schule unterrichtet, gegessen, geschlafen, ja, gelebt werden sollte.

Während die Sonne unterging und sich der Himmel rosa färbte, wurden die beiden Lehrer in der hintersten Ecke des Sportplatzes beerdigt und Benjamin begriff, dass sein Vater geholfen hatte, die Löcher zu graben.

Er trug noch immer denselben dreckigen Anzug, als Benjamin ihn spät am Abend auf dem Dach des Anbaus fand. Emilie war auch da. Benjamin hatte damit gerechnet, weggeschickt zu werden, weil es gegen die neuen Regeln war, sich zu dieser Uhrzeit im Freien aufzuhalten, aber sie sagten nichts. Benjamin hob den Blick. Der schwarze Vogel war schwer auszumachen, man erahnte nur einen schwebenden Schatten und vielleicht war auch der nur Einbildung. Aber er war da. Für einen kurzen Moment legte sein Vater ihm die Hand auf die Schulter.

»Ist bei dir alles okay?«

Benjamin nickte.

»Wir brauchen in jeder Klasse jemanden, der die Ruhe bewahrt«, sagte Emilie. »Bestimmt sind es nur ein paar Tage. Dann wird dieser … Zustand aufgehoben, nicht wahr?«

Emilie und Benjamin sahen den Schulleiter an, als warteten sie auf eine Bestätigung, aber er starrte nur vor sich hin.

»Habt ihr auf die Lastwagen geachtet?«, fragte er. »Der gesamte Verkehr ist von der Landstraße verschwunden.«

XII Die Sonne brannte gnadenlos auf die Schule herunter – wie damals, als die Welt nichts als Steppe war und jedes Geschöpf eine Art schwarz verbrannter Zahnstocher in der Landschaft.
Simon war Benjamin wie ein Schatten gefolgt, als könnte Benjamins Körper ihn vor all dem beschützen, was um sie herum geschah, aber jetzt stand Benjamin alleine auf dem Schulhof, ohne zu wissen, was er tun solle. An dem Tag, an dem sie das Überleben der Schule gefeiert hatten, war es genauso heiß gewesen. Benjamin konnte die Kühe auf der Weide riechen und etwas, das entweder Rauch war – in dem gleißenden Licht konnte er nirgends ein Feuer erkennen – oder der Duft irgendeines würzigen Krauts. Er kniff die Augen zusammen, seine Kopfhaut glühte und er spürte, wie ihm der Schweiß die Schläfe hinunterrann, am Haaransatz entlang, über die Wangenknochen bis zum Unterkiefer. Eins, zwei, drei – er zählte die Sekunden zwischen jedem Tropfen. Er fühlte sich ganz okay dabei, denn es bedeutete, dass er lebendig war.
Benjamin hatte versucht, damit aufzuhören, aber auch jetzt fing sein Blick den Schatten des Vogels ein, der über der Schule kreuzte wie ein Hai, den man unter sich im Meer sehen konnte. Er drehte sich um und ging zurück ins Schulgebäude. Simon wartete direkt

hinter der Tür. Er saß da, den Kopf in die Hände gestützt, aber er kam schnell auf die Füße, als er Benjamin entdeckte. Simon hatte Angst vor dem Killervogel, wie er ihn nannte.

»Benjamin?«, sagte Simon nervös.

»Ja.« Benjamin hörte selbst, wie gereizt er klang.

»Ich … Es … Wir kommen bestimmt wieder frei, oder, Benjamin?«

»Natürlich«, antwortete Benjamin und war schon weitergegangen. Er steuerte auf das Büro seines Vaters zu. Er fand ihn am Schreibtisch, bestimmt bei einem weiteren vergeblichen Versuch, in irgendeiner Form mit der Außenwelt in Kontakt zu treten. Benjamin fand, dass sein Vater im Schein des Bildschirms älter wirkte, obwohl er versuchte zu lächeln.

»Hey, Benja. Wie geht es dir?«

Er hatte eigentlich etwas anderes sagen wollen, aber jetzt sagte Benjamin:

»Siebeneinhalb Minuten.«

»Was?«

»Ich habe die Zeit gestoppt. So lange braucht man mit dem Fahrrad, um von der Schule nach Hause zu fahren. Jetzt kommt es einem vor – wie eine andere Welt.«

Benjamin merkte, dass seine Stimme zu kippen drohte. Sein Vater sah ihn an.
»Wir werden gerettet.«
»Von wem?«
»Das weiß ich nicht.«
»Aber es wird jemand kommen?«
»Ja.«
»Woher weißt du das?«
Sein Vater zögerte.
»Wir müssen daran glauben.«
Im selben Moment trat Emilie ins Büro und für Benjamin ergab das auf eigenartige Weise Sinn: Als wäre sie diejenige, die sie retten konnte.
»Eine der Kranken, ein Mädchen aus der Sechsten, hört nicht auf zu weinen, weil sie nach Hause will«, sagte sie. »Können wir sie in die Bibliothek bringen, damit die anderen ein bisschen Ruhe finden?«
Benjamins Vater nickte.
»Und die anderen?«
»Ich weiß es nicht«, antwortete Emilie. »Stefan geht es vielleicht

ein kleines bisschen besser. Genau wie Caroline aus meiner Klasse … Aber die Medikamente heilen die Krankheit ja nicht. Sie wirken nur schmerzstillend.«
»Ich weiß.«
»Einige von ihnen haben diesen milchigen Film auf den Augen bekommen.«
»Wir müssen doch irgendetwas tun«, sagte er.
Emilie schwieg lange.
»Ich denke, wir sollten dich von den Kranken fernhalten.«

XIII

Sie schickten ein niedliches, kleines Mädchen aus der 1. Klasse alleine nach draußen.

Jemand beobachtete die Schule. Irgendwo in dem mechanischen Vogel musste eine Kamera oder ein Sender stecken.

Das Mädchen trug ein weißes Kleid und hielt ein Schild in den Händen:

WIR SIND IHR. IHR SEID WIR.

So blieb sie eine ganze Unterrichtsstunde lang reglos in der Mitte des Schulhofs stehen.

Ein weißer Schmetterling landete auf ihrem blonden Haar. Er öffnete und schloss seine großen Flügel mit den roten und schwarzen Zeichen, die an Hieroglyphen erinnerten, wie einen Blasebalg. Sein Rüssel rollte zwischen den Palpen auf und ab, als wollte er herausfinden, was für ein Wesen sie war und welche Rolle sie womöglich in dem ganzen großen Bild spielen könnte. Dann flog er weiter und das war alles, was passierte. Wenn es jemanden gab, der sie sah, dann reagierte er nicht. Wenn es jemanden gab, der sie hörte, dann antwortete er nicht.

XIV

Alles war unklar und flimmernd wie ein Albtraum oder auch nur wie das Flirren der Hitze, wenn man von der Schule in die Ferne blickte, so weit das Auge reichte.
Aber es gab Lehrer und Schüler, die ihrer Angst und jedem inneren Zweifel trotzten – die sich Tag für Tag heroisch verhielten. Sie gingen voran, indem sie so taten, als wäre nichts passiert. Als wäre jede Abweichung von ihrem normalen Leben und dem Schulalltag nur Ausdruck dafür, dass die jährliche Projektwoche begonnen hatte und der Stundenplan zugunsten alternativer Aktivitäten außer Kraft gesetzt worden war – das reichte von häufigem Händewaschen, Lüften und Baden bis hin zum Kochen und dem Übernachten in der Schule. Und wer krank war, war eben bei der Ausführung dieser Aufgaben zu Schaden gekommen. Sie vermittelten den Eindruck, als ginge es hier ausschließlich um ein lustiges fünftägiges Projekt, das am Freitag mit einer Präsentation für die Eltern, Geschwister und Großeltern abgeschlossen werden würde.
Erik, der sonst Werken unterrichtete, nahm eine gesamte Klasse mit auf den Sportplatz, alle bewaffnet mit Brettern, Nägeln, Hämmern und Farbeimern. Er pfiff, während er der Klasse dabei half, das Holz zusammenzuzimmern. Die verzagtesten Schüler standen

wie gelähmt daneben, ob sie nun den Vogel über ihnen, die Gräber am Ende des Platzes oder die allgegenwärtige Krankheit fürchteten. Aber Erik rührte die Farbe um und zwinkerte ihnen aufmunternd zu, wenn er ihnen Eimer und Pinsel überreichte, sie dazu überredete, mit anzupacken. Sie errichteten ein riesiges weißes Kreuz in der Mitte der Aschebahn, damit der Hubschrauber ein Ziel hatte, wenn er Vorräte für sie abwarf.

Das war inzwischen zweimal im Abstand von einer Woche vorgekommen und schon beim zweiten Mal versuchte man, den Inhalt der Kiste zu interpretieren. Was hatte es zu bedeuten, dass weniger Konserven dabei waren als beim letzten Mal? Dass es Orangensaft statt Apfelsaft gab? Dass die Anzahl der Leichensäcke sich nicht verändert hatte?

Man versuchte auch, die Krankheit zu interpretieren und zu verstehen, nach innen wie nach außen. Es gab einen typischen Verlauf: In der Regel begann es mit Husten und Erkältungssymptomen, dann Fieber, Erbrechen, später trat der katzenkratzerähnliche Ausschlag am Körper auf, die Betroffenen bekamen Nasenbluten oder blutiges Zahnfleisch, Atembeschwerden und konnten Essen und Trinken nicht mehr bei sich behalten.

Die Augen durchliefen eine ähnliche Entwicklung: erst rot, dann glänzend, oft gelblich um die Pupillen und schließlich undurchsichtig, als wären sie von einem milchigen Film überzogen – die letzte Phase vor dem Tod

Es kam vor, dass es den Kranken morgens besser ging, während das Fieber über Tag anstieg und nachts immer schlimmer wurde.

Und da draußen: Wie ging es ihren Familien? Wie sah es auf dem Marktplatz ihrer Stadt aus? Wie war die Lage am Hauptbahnhof der Hauptstadt?

Benjamin wusste nicht, ob die Stimmung in seiner Klasse der in den anderen Klassen glich, aber es gab Momente, in denen man tatsächlich vergessen konnte, dass es kein ganz normaler Unterricht an einem ganz normalen Schultag war. Und dann gab es die anderen Momente. Wie den, als Elias sich meldete, als wollte er die Frage des Mathelehrers beantworten, um dann stattdessen zu sagen:

»Wozu sollen wir das lernen?«

»Weil … Weil es in der Abschlussprüfung drankommen könnte.«

»Aber wir werden keine Abschlussprüfung machen, wenn wir sterben.«

Es wurde still, alle starrten den Lehrer an.
»Ich will mich nicht mit euch streiten«, sagte er. »Aber einige von euch … Versteht ihr? … Ich habe mit Sara gestritten … meiner Frau … an dem Morgen. Ich war wütend und bin ihr mit Absicht aus dem Weg gegangen, bin sogar durch die Hintertür aus dem Haus, damit ich mich nicht von ihr verabschieden muss, bevor ich zur Schule fahre …«
Er stand auf, stützte sich auf das Pult. Ihr Mathelehrer war einer der älteren Lehrer der Schule, aber in diesem Moment glich er einem Hundertjährigen.
»Ich habe keine Ahnung, wo sie jetzt ist. Und vielleicht weiß sie genauso wenig, wo ich bin …«
Er hob die Arme, dann verließ er das Klassenzimmer, ohne die Tür hinter sich zuzumachen.
»Ja!«, rief Liam aus der hintersten Reihe. »Freistunde!«
Simon schielte nervös zu Benjamin.
»Du bist gemein«, sagte Maja zu Elias.
»Ja, sieh nur, was du gemacht hast!« Liam beugte sich vor und verpasste Elias einen Schlag auf den Hinterkopf.
»Ich kann Menschen verschwinden lassen«, sagte Elias.

Man hatte angefangen, sich in der Klasse gegenseitig zu belauern. Wenn sich jemand die Nase putzte oder sich hustend verschluckte, sprangen alle auf. Benjamin hatte versprochen, Emilie oder seinem Vater mitzuteilen, falls es in der 9. Klasse zu Vorfällen kam. Er fand sie beide im Büro. Sie waren gerade dabei, Listen über Medikamente, Nahrungsmittel und Kranke durchzusehen. Emilie stand auf, um ihn nach unten ins Klassenzimmer zu begleiten. Sein Vater lehnte sich im Stuhl zurück und sah aus dem Fenster.

»Sogar jetzt«, sagte er, »schaue ich auf die Uhr und frage mich, wo der Schulbus bleibt. Der Mensch ist so ein Gewohnheitstier.«

»Wir passen uns an«, entgegnete Emilie. »Nur deshalb überleben wir.«

Sein Vater lächelte kurz.

»Gut, dass ihr hier seid.«

Dann blickte er wieder aus dem Fenster und schüttelte den Kopf über den nicht-existenten Schulbus.

»Aber die können doch nicht einfach eine ganze Schule aufgeben«, sagte er. »Oder doch?«

XV

Bei der nächsten Versammlung in der Turnhalle, ergriff einer der jüngeren Schüler, ein schmächtiger Junge mit glänzenden schwarzen Haaren, die sich wie gemalt an seinen kugelrunden Kopf schmiegten, das Wort. Benjamin wusste über ihn nur, was er früher mal gehört hatte: dass er ein stiller Junge war, der nach dem Sport nie duschen ging. Seine Klassenkameraden hatten die Theorie aufgestellt, dass er sich nur so verhielt, weil er keinen Körper hatte: dass er ausschließlich aus seinem handballgroßen Kopf bestand, einem dünnen Hals und den zehn blassen Fingern, die aus seinen langen Ärmeln herausragten. Aber jetzt war er es, der sprach, obwohl er im Unterricht nie etwas sagte. Seine Stimme war zwar schrill und mädchenhaft, aber deutlich zu verstehen und alle konnten ihn hören, als er sagte:

»Was ist eine einzelne Schule gegen Millionen anderer Schulen, die damit fertig werden?«

Er sagte es, wie es war. Als Frage.

XVI

Die vier Jungen aus der 8. Klasse knobelten – Schere, Stein, Papier –, auch wenn sie in der Dunkelheit der Aula ihre Hände kaum erkennen konnten. Dann verteilten sie sich an den Ausgängen der Schule und auf die verabredete Sekunde sprintete jeder von ihnen in eine Himmelsrichtung los und sprang an den Zaun. Der schwarze Vogel drehte eine Pirouette und eins, zwei, drei, vier fielen auf die Erde.
Die Jungen wurden am hintersten Ende des Sportplatzes beerdigt, im Zielfeld, zusammen mit zwei Lehrern, die im Laufe der Nacht an der Krankheit gestorben waren.

XVII

Jeder Tag begann damit, dass die Schüler und Lehrer der Schule sich im Schulhof aufstellten und gemeinsam sangen. Emilie sang mit einer Stimme, die so jung und klangvoll war, als wäre sie über Trauer und Schmerz erhaben, von denen sie ansonsten mehr als genug hatten.

Benjamin sah ihr an, wie sehr die Nächte mit den Kranken und Ängstlichen und die Tage mit den Gesunden und Ängstlichen an ihr zerrten. Emilie war blass, fast durchsichtig vor Müdigkeit, obwohl sie manchmal auflebte und wieder wirkte wie die kluge, lustige große Schwester, die von einem Auslandsaufenthalt nach Hause zurückgekehrt war.

Sie alle waren unter der gleißenden Sonne versammelt, nur Simon nicht, der sich aus Angst vor dem Killervogel weigerte, nach draußen zu gehen. Simon gehörte zu den Klassenkameraden, denen es am meisten zusetzte. Er war wie erstarrt, nach innen gekehrt. Ab und zu nahm Benjamin ihn ganz einfach an der Hand, um ihn zu beruhigen oder ihn zu führen, aber raus wollte Simon auf gar keinen Fall.

Für Benjamin hatte sich das morgendliche Singen zum Höhepunkt des Tages entwickelt. Alle sangen mit, ohne Ausnahme, als würden

sie darauf vertrauen, dass ihnen eines Morgens jemand zuhören würde. Und es gab ein paar Sekunden, rund um die letzte Strophe des Liedes, in denen Benjamin sich warm, glücklich und erschöpft fühlte, als wären sie einmal um die Welt gewandert und hätten soeben die Ziellinie überschritten. Fast hätte er Applaus und Umarmungen erwartet, auch wenn außer der Statue des Nationaldichters keiner da war, der das hätte bieten können.
»Ist dir etwas aufgefallen?«
Kate sah Benjamin an. Lehrer und Schüler waren auf dem Weg zurück in die Schule.
»Die Kühe sind weg.«
Benjamin schaute zur Weide. Es war lange her, dass sie einen Menschen oder auch nur ein Auto zu Gesicht bekommen hatten. Vor ein paar Tagen hatte er drüben bei den Bäumen etwas gehört, das wie ein Schuss klang.
»Ist euch sonst noch etwas aufgefallen?, fragte Elias, während er trippelte, als würde er einen Witz erzählen. »Nein? Mir schon: Für jeden Schüler, der stirbt, sterben zwei Lehrer.«

XVIII

Caroline war die erste aus der Klasse, die starb. Der Ablauf war derselbe: Die ganze Schule versammelte sich am Sportplatz, der betreffende Lehrer und die Klasse des Schülers standen am nächsten zum Grab, neben Benjamins Vater, während sich der Rest der Schule im Halbkreis um sie herum versammelte.

Caroline wurde unmittelbar vor dem Zielfeld beerdigt. Alle aus der Klasse waren gekommen, auch Simon. Er war sogar noch dazu vorneweg gelaufen, ohne seine Aufmerksamkeit auf den Vogel oder Benjamin zu richten. Emilie nickte Simon zu und legte die Hand auf seinen Hinterkopf. Benjamin war zutiefst verwundert, aber er genoss es – nur für einen Moment von einem der Schatten befreit sein, die ihn die ganze Zeit verfolgten. Benjamin betrachtete seinen Vater, seine schmutzigen Kleider, sein scharfes Profil. Er hatte ihn wiederholt draußen in der brennenden Sonne gesehen – alleine oder in Gesellschaft des Hausmeisters oder des Werklehrers Erik –, wie er den Spaten in die harte Erde rammte. Es schien, als würde sein Vater darauf bestehen, jedes Grab persönlich zu schaufeln. Und es war, als ob er und Benjamin sich in alldem nicht richtig näherkommen konnten. Plötzlich stand Simon neben Benjamin wie ein zitternder Hund.

»Er tut nichts«, flüsterte Benjamin. »Nicht, solange wir uns vom Zaun fernhalten.«

Jetzt war es Simon, der Benjamins Hand nahm, oder besser gesagt, der zuließ, dass Benjamin die Finger um seine geballte Faust schloss. Benjamin spürte, wie sehr Simon bebte.

»Wir schaffen das schon. Ich verspreche es dir, Simon.«

Drei Lehrer und Benjamins Vater legten Caroline in die Grube, Emilie hielt eine Rede, die Simon zum Schluchzen brachte und Benjamin die Tränen in die Augen trieb. Für Benjamin schien sie wie ein Engel zu leuchten. Sie sprach von Caroline und der Klasse, von der Klasse und Caroline, sodass sogar Liam gerührt war. Er spähte verstohlen zu dem Vogel, als wollte er seine Trauer in Wut verwandeln, folgte ihm mit den Augen, als versuchte er herauszufinden, wo sein blinder Fleck sein könnte. Danach sang die Schule ein Kirchenlied und bei der letzten Strophe spürte Benjamin plötzlich etwas Warmes und zugleich Kühles in seiner Handfläche. Er erkannte es sofort. Das glatte Holz, die Kante der Stahlklinge. Es war das Taschenmesser, das er von seinem Großvater geerbt hatte. Das Messer, von dem er dachte, Liam habe es gestohlen. Dabei war es Simon gewesen.

Bevor er etwas sagen konnte, war Simon weg. Für einen Moment fürchtete Benjamin, Simon könne zum Zaun rennen, aber dann sah er ihn über den Sportplatz in Richtung Schule spurten. In dem Moment, in dem Simon verschwand, richtete Benjamin den Blick auf den Vogel, der kreiste, als wäre er der Tonabnehmer eines Plattenspielers, wie man sie in älteren Filmen zu sehen bekam, und Benjamin verstand, so deutlich wie den Refrain eines Lieds: Es war das schlechte Gewissen, das Simon dazu getrieben hatte, das Messer von zu Hause zu holen, an jenem Tag, als alles aufhörte und das hier begann. Dass Simon, hätte er nicht an Benjamin gedacht, nicht hier wäre.

XIX

Das Pult war leer. Emilie war noch nicht da. Obwohl Benjamins Vater genau wie alle anderen mitmachte, gab es nicht mehr genügend Lehrer, um jede Unterrichtsstunde und alle Aufgaben wahrzunehmen – inzwischen waren so viele erkrankt, dass sie vom Physiksaal in die Turnhalle gebracht worden waren –, und so wurden Klassen zusammengelegt oder die Schüler mussten in Gruppen arbeiten. Aber diese Stunde gehörte nicht dazu. Emilie war nicht da, und das war noch nie vorgekommen. Sie hatte über die ganzen Jahre, in denen sie ihre Klassenlehrerin gewesen war, nicht einen Tag wegen Krankheit gefehlt.

Niemand sagte etwas. Benjamin spürte, wie ihn das Gewicht seines Körpers auf den Stuhl presste.

»Du hast gehustet!«

Maja sprang auf und zeigte vorwurfsvoll auf Nicoline, die neben ihr saß.

»Nein, habe ich nicht!«

»Dein Kopf ist ganz rot! Du bist krank! Du musst raus!«

»Neiiin!«, weinte Nicoline.

Maja sah selbst nicht besonders gut aus. Ihre Frisur saß nicht mehr perfekt, sie hatte vergessen, sich zu schminken, oder vielleicht hatte sie auch kein Make-up mehr. Mit wütendem, angstverzerrtem Gesicht drehte sie sich um und setzte sich möglichst weit weg auf den freien Platz neben Elias. Elias war der Einzige, der immer noch ganz der Alte war, vielleicht weil er ohnehin immer dieselben Sachen anhatte und niemals auf die Idee kam, sich die Haare zu stylen. Nicoline schluchzte mit gesenktem Kopf, die Arme um den Körper geschlungen. Da stand Kate wortlos auf, ging durch das Klassenzimmer und setzte sich neben sie.

Benjamin fand Emilie bei den Kranken, aber sie war nicht wie sonst damit beschäftigt, andere zu pflegen, sondern lag zugedeckt auf einer Gymnastikmatte.

Benjamins Vater saß neben ihr. Er hatte sich über sie gebeugt, aber Benjamin konnte die roten Streifen an ihrem Hals deutlich sehen.

»Hallo, Benjamin«, sagte sie und lächelte, bevor ein Hustenanfall sie dazu brachte, den Kopf abzuwenden.

»Die Schule braucht dich«, sagte Benjamins Vater.

Emilie verzog das Gesicht, entweder, um seiner Behauptung zu widersprechen, oder vor Schmerz.

»Ich bin keine Heldin«, sagte sie. »In den Sommerferien habe ich darüber nachgedacht, zu kündigen und von hier wegzugehen.«
Benjamin sah seinem Vater an, wie überrascht er war.
»Wieso bist du geblieben?«
Emilie lag schweigend mit geschlossenen Augen da. Als sie die Augen aufschlug, waren sie rot vor Fieber.
»Ich weiß es nicht. Euretwegen vermutlich.«

XX

»Gibt es einen Punkt in unseren Köpfen, an dem der Wahnsinn uns dazu bringt, das Elend anderer zu akzeptieren?«

Der Schulleiter ließ die Frage in der flirrenden Hitze des Sportplatzes stehen. Benjamin konnte sehen, wie sehr sein Vater abgenommen hatte. Wie sein Jackett an ihm herunterhing. Aber es war frisch gewaschen. Es war das erste Loch, das er nicht selbst gegraben hatte. Emilies.

Er sagte, er sei davon überzeugt, dass eines Tages, wenn das alles hier überstanden war, eine Statue von Emilie neben dem Dichter auf dem Schulhof errichtet werden würde. Eine Statue von ihr als *Die Lehrerin* – als die Person, die weiterunterrichtete, was auch immer geschah. Der Glauben an diese Welt – und ihre Zukunft –, der in dieser Handlung lag.

»Ich kann mir kein lebensbejahenderes Bild vorstellen: eine Lehrerin, die ihre Schüler unterrichtet.«

Nachdem sie gesungen hatten, ging Benjamin in die entgegengesetzte Richtung. Statt ins Schulgebäude zurückzukehren, setzte er sich ganz nah an die Hecke. Er kannte die letzte Nachricht seiner Mutter auswendig, aber er las sie trotzdem. Er wäre in der Lage gewesen, sie wie ein Gedicht zu analysieren. Benjamin kniff die Augen zusammen, blinzelte nach oben in die Sonne und zum Vogel. Vielleicht ist es, dachte er, mit allem – wirklich *allem* – im Leben so, wie Emilie es ihnen in der Literatur gezeigt hatte: Es gibt immer einen Unterschied zwischen Autor und Erzähler.

XXI

Der Fußballplatz erinnerte an ein lehmgraues Schachbrett aus trockenen Maulwurfshügeln. Es vergingen ein paar Minuten, bis Benjamin realisierte, dass er sich heute – in diesem Augenblick – leicht fühlte. Angst, Trauer und Schmerz, das alles würde wieder über ihn hereinbrechen, aber jetzt, in diesem Moment, war es weg. Es war ein merkwürdiges Gefühl, herumzulaufen und dabei geradezu unbekümmert zu sein – Lust zu verspüren, auf dem Friedhof zu pfeifen. Das ergab keinen Sinn, bis es Benjamin mit derselben Selbstverständlichkeit klar wurde, mit der ein Vogel in der Luft schwebt: Er fühlte sich nicht mehr schuldig. Benjamin hatte keine Ahnung, warum das so war oder wieso er sich vorher schuldig gefühlt hatte. Er wusste auch nicht, wann er sich zum letzten Mal so frei gefühlt hatte. Nur, dass er damals noch ein Kind gewesen sein musste.

XXII

Sie begannen jeden Tag mit einer Beerdigung, als wäre es eine Art Morgenandacht. Auf dieselbe Weise, wie man einen Blick auf die Noten an der Tafel warf, schaute man flüchtig zum Fußballplatz und konstatierte: vier Gräber.

Heute: Zwei Tote, die an der Krankheit verstorben waren, ein Schüler, der plötzlich zum Zaun gerannt war, und ein Lehrer, der bei dem Versuch, ihn davon abzuhalten, umgekommen war.

Werde ich krank?, dachte Benjamin. Es kam ihm vor, als würde sein Vater beim Reden schwanken. Benjamin blinzelte in die andere Richtung, um einen Fixpunkt zu finden. Das Licht war ohne Richtung, OP-artig, als wären sie alle Teil eines Experiments. Das weiße Kreuz, auf dem die Versorgungspakete landeten, war vor das gegenüberliegende Tor verschoben worden, denn was die Gräber anging, hatten sie die Mittellinie längst überschritten.

Gestern waren sie die meiste Zeit allein im Klassenzimmer. Alles befand sich mehr oder weniger in Auflösung. Benjamin zählte die Lehrer: Eins, zwei, drei, sechs waren übrig.

»Worum geht es hier?«, fragte Benjamins Vater und sah jedem Einzelnen in die Augen. »Ich weiß es nicht … Ich weiß es nicht … Ich weiß nur, dass es dabei um uns alle geht.«

Der Schulleiter leckte sich über die Lippen und da, im gnadenlosen Sonnenlicht, konnte Benjamin es sehen. Sein Vater war nicht nur unrasiert: Blut lief aus seiner Nase.

XXIII

Benjamin fand seinen Vater am Schreibtisch im Büro, er hielt das Foto von ihm und seiner Mutter in der Hand.

»Bleib weg!«

»Bist du okay, Papa?«

»Bleib, wo du bist!«

Benjamin stand in der Tür wie ein Schüler, der zum Rektor geschickt worden war, um sich eine Strafpredigt abzuholen, und der es nicht erwarten konnte, hier wieder rauszukommen.

»Entschuldige«, sagte sein Vater, machte eine Bewegung, als würde er einer vornehmen Person zunicken, die in der Ecke seines Büros stand, und erbrach sich in den Papierkorb.

»Soll ich jemanden holen?«, fragte Benjamin.

Sein Vater schüttelte den Kopf. Zeigte in seine Richtung.

»In der Nacht, in der wir oben auf dem Dach standen und auf den Zaun hinuntergeblickt haben, da dachte ich, ich sollte die Leiter nehmen und dir rüberhelfen.«

Es folgte eine Stille, in der Benjamin die Uhr an der Wand hören konnte. Früher wäre das ein beruhigendes Geräusch gewesen.

»Hätte ich dich entwischen lassen sollen?«

»Das weiß ich nicht, Papa.«

»Doch, das hätte ich. Aber ich wollte keinen Unterschied zwischen dir und den anderen machen. So etwas kann nur schiefgehen: Wenn man nicht mehr jedes Leben einzeln auf der Waage des Lebens wiegt … Aber ich und meine Prinzipien, Benja. Hätte ich dich doch nur abhauen lassen.«
»Ich glaube, du hast das Richtige getan«, sagte Benjamin.
Sein Vater hörte ihm nicht zu, aber er legte das Foto hin, mit dem Rücken nach oben.
»Ich habe nächtelang wach gelegen und darüber nachgedacht, ob es auf irgendeine Weise Sinn ergeben kann – dass die Welt eine Schule opfert –, und in der Dunkelheit, wenn ich ganz alleine war, da gab es Augenblicke, in denen ich dachte: Ja. Aber sobald ich aufgestanden war und mir das erste Kindergesicht auf dem Flur begegnete, schrie alles in mir: NEIN! NEIN! NEIN!«
Sein Vater beugte den Kopf über den Schreibtisch.
»Ich habe versagt.«
Benjamin sah seinen Vater nicht an, sondern fixierte einen Punkt unter dem Schreibtisch: Da war eine Luke im Boden und wenn man den Flickenteppich beiseiteschob und sie öffnete, lag darunter eine Pistole. Er dachte daran, als würde es irgendetwas ändern.

XXIV

Der Schulleiter wurde im Beet vor der Statue des Nationaldichters beerdigt.

Benjamin dachte an ihr letztes Gespräch.

»Glaubst du, dass irgendwo gerade jemand fröhlich über einen Schulhof rennt?«

»Ich weiß es nicht, Benja. So weit kann ich nicht denken.«

Aber später, als Benjamin dachte, sein Vater habe das Bewusstsein längst verloren:

»Doch, da rennt jemand. Schön, nicht?«

XXV

Er lag da, mit angewinkelten Beinen, die Hände zwischen die Knie geschoben. Er konnte spüren, wie der Zeitkäfer versuchte, sich zwischen den fest aufeinandergepressten Handflächen zu bewegen.

XXVI Jeden Morgen wachte er auf und untersuchte seinen Körper. Als wäre er ein Musikinstrument, ließ Benjamin die Hände darüberwandern, lauschte hinein: Hals, Brust, Achselhöhlen, Bauch, streckte die Beine, drehte den Kopf, räusperte sich, holte tief Luft. Merkte, dass es nur Tränen waren, die ihm den Blick verschleierten. Setzte sich auf.

XXVII

Liam nahm die eine Schaufel, Simon die andere. Kate sang und Benjamin sprach ein paar Worte. Er wusste nicht, woher sie kamen, aber während er sie sagte, klangen sie ganz richtig. Natürlich. Wie Schuhe ausziehen und am Wasser spazieren gehen. So begruben sie den letzten Lehrer.

XXVIII

Die Schüler, große wie kleine, saßen im Lehrerzimmer. Auf Stühlen, Tischen, Boden und Fensterbänken. Sie fühlten sich, als hätten sie den Raum besetzt. Als hätten die Lehrer ihn verlassen. Als hätten die Lehrer sie verlassen. Als wäre der letzte Schultag, als wäre der letzte Tag.

Liam brach die drückende Stille. Er stand auf und sein Kopf sah wild aus.

»Haben wir nicht alle davon geträumt? Schon seit dem ersten Schultag, als wir noch kleine Hosenscheißer waren und dachten, wir würden hier Spaß haben, bis keine Minute später irgendein dämlicher Lehrer auftauchte, der einen im Nacken festhielt und sagte: *Hier auf den Fluren wird nicht gerannt, mein Freund!*«

Liams verzerrtes Gesicht und seine Stimme lösten Gekicher in den Ecken aus.

»Aber jetzt: Keiner, der uns in den Fluren stoppen kann! Keiner, der stoppt, was wir nicht selbst stoppen wollen! Keine Erwachsenen! Eine Schule, an der uns niemand vorschreibt, was wir machen sollen! Eine Welt, in der wir selbst bestimmen können!«

Er verschwand in der Lehrerküche und kam kurz darauf mit einer Kiste Wein unterm Arm und fünf Tüten Chips in der Hand zurück.

»Worauf warten wir, Mann?!«, rief er. »Sollten wir nicht langsam unser Schulfest feiern!?«

Es war, als hätte man etwas angezündet, und dabei festgestellt, dass es strohtrocken war. Jetzt kam Leben in die Gruppe. Spontane Rufe und Aktionen. Es war, als würden der Erste, der rannte, und der Erste, der lachte, die anderen an etwas erinnern – und alle rannten lachend los.

»Keine Erwachsenen! Letzter Schultag! Keine Lehrer! Schulfest!«

Kulissen und Laken wurden aus dem Kunstsaal geholt, Kostüme aus der Theaterkiste gezerrt. Girlanden und Banner wurden in den Fluren aufgehängt. Schüler verkleideten sich als Hexen, Orks und Zombies. Einer als der Dichter, eine als Blume. Lange Tische wurden aufgestellt und mit Kuchen, Süßigkeiten, Limo, Bier und Wein gedeckt. Ein paar Schüler schafften es, Musik mit der Lautsprecheranlage der Schule zu koppeln. Die Party war in vollem Gange, es wurde gegessen und getrunken, alles war zum Verbrauch freigegeben, nichts wurde rationiert, auch wenn vor allem die jüngsten Schüler ab und zu verstohlen über die Schulter blickten, als würden sie jeden Moment damit rechnen, von ihren Klassenlehrern zurechtgewiesen zu werden.

Aber es gab keine Lehrer. Sander, 7a. Louise, 6b. Philip, 9a. Alle Schüler konnten ins Büro gehen und nachsehen, was über sie in den Archiven stand. Über die Kommentare der Lehrer grinsen, sich über die ausgerechneten Fehlzeiten amüsieren oder aber das Ganze mit einer gewissen Andacht lesen, denn dass es keine Lehrer mehr gab, war nicht die einzige Veränderung. Sie spürten es: Was auch immer sie selbst früher waren, es existierte nicht mehr.

Benjamin merkte, dass er schwankte, als er mit einem Bier in der Hand den Gang hinunterging. Er blieb stehen, um dem Gefühl nachzuspüren. Es war seltsam. Er hatte Angst und gleichzeitig überhaupt keine Angst. Er war ganz ruhig. Und besoffen. Nacheinander machte er die Türen sämtlicher Klassenzimmer einen Spaltbreit auf: Einige Räume waren leer, in anderen saßen Schüler, die tranken und Kuchen aßen, Filme schauten, in einem saß Simon und spielte mit ein paar jüngeren Schülern ein Brettspiel, im nächsten erbrach sich ein Mädchen in der Ecke. Hinter sich hörte Benjamin ein Glas zerbrechen.

Als er in die Turnhalle kam, schlug ihm der Geruch der Krankheit entgegen und sofort fing er an, durch den Mund zu atmen – Kate

saß im Dunkeln, ihr Gesicht von einem Bildschirm beleuchtet. Benjamin konnte nicht einfach wieder gehen, ohne etwas zu sagen.
»Was schreibst du?«, fragte er.
»Das, was passiert.«
»Aber du kannst es doch niemandem schicken.«
»Früher oder später wird alles, was man schreibt, gelesen.«
Sie drehte den Bildschirm, damit er es sehen konnte. Die Linien tanzten vor seinen Augen, aber er konnte es trotzdem lesen. Kate schrieb, wie es war, als die Krankheit ausbrach: vom Zaun, der errichtet wurde, von dem mechanischen Vogel, den vielen Toten und von Benjamin. Da stand, dass sie schon seit vielen Jahren in ihn verliebt war. Da stand etwas in der Art, dass sie wünschte, er würde sie berühren. Benjamin spürte, wie seine Wangen heiß wurden, während er weiterlas.
»Schreib, dass er die Hand auf ihren Nacken legt«, sagte er, während er gleichzeitig dachte: Ich muss echt betrunken sein.
Kate schrieb.
»Dass seine Finger ihren Rücken herunterwandern, dass sich seine Hände um ihren Bauch legen«, fuhr er fort.

Benjamin beschrieb, was er mit ihrem Körper tun würde und was sie zusammen tun würden. Er beschrieb ihr eins, zwei, eine Menge Details und er schilderte sie mit Worten, von denen er nicht wusste, dass er sie beherrschte, und während er Kate das alles zuflüsterte, dachte er nur an: Maja.
Als er fertig war, drehte Kate ihm ihr Gesicht zu und sie waren nur wenige Zentimeter davon entfernt, sich zu küssen. Da fing einer der Kranken an zu jammern und Benjamin nutzte die Störung, um aufzustehen und aus der Turnhalle zu stolpern.
Er fand Maja im Biologiesaal. Das Erste, was er sah, war das Skelett, das an seinem Stativ direkt neben der Tür stand. Jemand musste es durch die Gegend geschoben haben. Es grinste ihn aus dem Halbdunkel des Raumes unheimlich an. Erst dann entdeckte er Maja, die rücklings auf einem der Tische lag, auf denen sie irgendwann mal Frösche seziert hatten. Mit geschlossenen Augen, den Kopf in den Nacken gelegt, sah sie aus, als würde sie ein Bad nehmen oder auf der Sonnenbank liegen. Benjamin hörte Liam, bevor er ihn in der Dunkelheit ausmachen konnte. Er stand über Maja gebeugt, hielt ihre weißen Beine fest, aber sein Gesicht war zur Decke gekehrt, sodass die Sehnen an seinem Hals plötzlich ganz deutlich hervor-

traten, er schwankte vor und zurück, als würde er etwas Schweres tragen, das jeden Moment auf den Boden zu fallen drohte.

Das Bild noch immer auf der Netzhaut und das lautlose Lachen des Skeletts im Nacken, stolperte Benjamin ins Lehrerzimmer, in dem ein einziges Chaos aus Flaschen, Masken und Dekoration herrschte. Benjamin schloss die Augen und holte tief Luft.

»Amüsierst du dich, Benjamin?«

Es war Elias. Benjamin hatte ihn gar nicht gesehen. Nach so vielen Stunden saß er immer noch reglos auf demselben Stuhl. Er lächelte Benjamin zu, als wäre er der Gastgeber dieser Party.

Der Zorn kam so plötzlich und gewaltig, dass Benjamin sich auf den Tisch stützen musste, um nicht zu fallen. Er spürte das Messer in seiner Hosentasche, als er da an der Tischkante stand und nicht wusste, ob sich die Wut gegen Maja, Liam, Elias oder gegen jemand Viertes oder Fünftes richtete, aber er zitterte, als er nach einer Weinflasche griff. Ein Teil von ihm verspürte große Lust, Elias die Flasche an den Kopf zu schleudern, sie in diesem schleimig grinsenden Gesicht zu zerschlagen, aber dann legte Benjamin den Kopf in den Nacken und trank.

XXIX Jetzt bin ich an der Reihe, dachte Benjamin, als er aufwachte. Er hatte Fieber, alles tat ihm weh, er hatte Halsschmerzen, seine Augäpfel brannten. Er lag auf einer Bank in der Jungenumkleide. Er kam in die Senkrechte. Stellte sich vor den Spiegel, trank aus dem Wasserhahn und betrachtete sich wieder im Spiegel. Keine roten Streifen, keine blutigen Nasenlöcher, kein Zahnfleischbluten. Er war nicht krank, er war verkatert.
Draußen auf dem Gang lagen kaputte Lampen und Stühle. An einer Stelle hatte ganz offensichtlich eine Kuchenschlacht stattgefunden. Durch die Glastür der Aula konnte Benjamin sehen, dass irgendjemand dem Dichter einen gelben BH angezogen hatte. In der Schule war es seltsam still.
Benjamin ging ins Lehrerzimmer. Die anderen hatten offensichtlich denselben Gedanken gehabt, denn nach und nach versammelten sich alle Schüler.
Kate saß auf der Fensterbank. Sie sah Benjamin in die Augen, aber er konnte sich zum Glück von Simon ablenken lassen, der ihm winkte und sich sofort an seine Seite heftete. Rechts von ihnen, auf einem Stuhl vor dem Regal, saß Maja, den Kopf gesenkt, die Hände zwischen den Schenkeln. Die Sonne strömte durch die Fenster, so-

dass man die Augen zusammenkneifen musste. Liam kam als einer der Letzten an, pfeifend und frisch geduscht. Er setzte sich zu Maja, legte den Arm um ihre Schulter, aber sie schob seine Hand weg, stand auf und ging durch den Raum, den Blick fest auf den Boden gerichtet und suchte sich einen anderen Platz. Benjamin wagte es kaum, sie anzuschauen, aber er behielt Liam im Blick, in dem die unterschiedlichsten Gefühle kochten, sodass sein Boxerzinken glühte.

»Ha! Ha!«, rief Liam. »Wer war das denn?«

Er zeigte auf Elias, der vollkommen kahl rasiert war. Er sah aus wie ein Gefängnisinsasse. Da stand Elias auf. Im Sonnenlicht wirkte er farblos, er sah schwach und stark zugleich aus und wirkte so unfassbar wütend, als wollte er sich an denen rächen, die ihm in der Nacht den Kopf kahl rasiert hatten.

»Sich eine Maske aufzusetzen hilft nicht, oder tut es das?!«, fragte er laut. »Keine Antwort?! Weil das Maskenspiel schon viel zu lange dauert! Dahinter steckt nichts anderes als die Gier – Materialismus, das allein ist der Motor! Wir leeren uns gegenseitig die Taschen! Wir leeren uns gegenseitig die Seelen!«

Mit einem Mal waren alle ganz still. Einer, der offensichtlich mit reichlich Restalkohol im Blut hinter Benjamin vor sich hin gebrabbelt hatte, hielt den Mund und Helene, die zwischen ihrem Platz und dem Mülleimer in der Küche hin- und hergewandert war, um sich zu übergeben, setzte sich.

»Und Gott? Gott sitzt auf dem Klo, mit einer Kanüle im Oberschenkel, weil er eine Überdosis *Welt* bekommen hat!«

Elias ließ den Blick von einem zum anderen schweifen.

»Wir haben in einer Lügenwelt gelebt! Wir haben falsch gelebt! Wir haben uns eingebildet, dass es eine *Gesellschaft* gibt, eine *Gemeinschaft,* und jetzt zeigt sich, dass das alles in vierundzwanzig Stunden aufgelöst, aufgehoben und gestrichen werden kann! Wir Menschen wollen *niemanden,* wenn es ein Risiko beinhaltet. Es gibt keine Nächstenliebe oder Empathie! Es gibt nur Begierde und Egoismus! Und weil wir das nicht erkennen, geht es uns schlecht!«

An dieser Stelle stand Maja auf, durchquerte noch einmal den Raum und setzte sich neben Elias. Benjamin konnte aus den Augenwinkeln sehen, wie Liam unruhig hin und her rutschte.

»Gemeinschaft und Menschlichkeit – das alles haben die Erwachsenen uns eingeredet. Aber jetzt haben wir den Beweis! Wir sind

hier eingesperrt und ich frage euch: Gibt es da draußen jemanden, der an uns denkt? NEIN!«
Hier beugte sich Elias zu Maja und flüsterte ihr etwas ins Ohr. Sie nickte mit gesenkten Augenlidern.
»Das Einzige, was an dieser Krankheit gerecht ist«, fuhr Elias fort, »ist die Tatsache, dass die Erwachsenen zuerst daran sterben – denn *sie* haben die Welt zerstört! Und wieso haben sie es getan? Wieso tun wir es? Weil wir es *können*.«
Man konnte spüren, dass noch andere im Lehrerzimmer gerne glauben wollten, dass Elias kein Mann mit Maske war und dass da gerade auch nicht Elias zu ihnen sprach, sondern ein ganz anderer. Benjamin wurde klar, dass niemand diese Glatze heimlich rasiert hatte – sondern dass es Elias selbst gewesen war. Im selben Moment stand Maja auf, steuerte direkt auf Benjamin zu und beugte sich vor, als wollte sie ihn küssen.
»Das Messer«, flüsterte sie.
Benjamin wusste nicht, was er anderes tun sollte, als zu gehorchen. Maja nahm das Messer, gab es an Elias weiter und stellte sich hinter ihn. Elias lächelte, als er die Klinge durch seinen Handrücken jagte, sodass sie in der Tischplatte stecken blieb.

»Du bist doch krank!«, brüllte Liam. »Du bist noch kranker, als ich dachte!«

Es gab einigen Aufruhr, bis Maja Elias auf den rasierten Schädel küsste, eine Geste, die dazu führte, dass die Schüler sich wieder beruhigten, als hätte Maja damit bewiesen, dass er in irgendeiner Form auserwählt war. Danach sprach Elias ruhig weiter, während das Messer noch immer fest in seiner zitternden, blutenden Hand steckte.

»So läuft es doch: Unser Nachbar reicht uns den kleinen Finger und wir nehmen ganz Afrika! Genau so läuft es: Wir fressen uns selbst. Wir fressen uns selbst, wie eine Wurst, von der wir Scheibe für Scheibe abschneiden. Wir haben die Erde ausgebeutet und jetzt rächt sie sich. Wir geraten in Panik, aber es ist ganz natürlich! Wer hat zuerst zugeschlagen? Es ist die einzige Chance der Natur – es ist *ihre* einzige Chance –, sich gegen *unsere* Angriffe zu verteidigen! Und jetzt ist es zu spät. Es gibt keine Wachposten, die kommen und diesen Kampf beenden. Jetzt werden wir zu Tode geprügelt.«

In der folgenden Stille starrten alle auf Elias' Hand.

»Aber was können wir denn tun?«, wagte einer zu fragen.

»Es gibt nichts zu tun«, sagte Elias mit einem Lächeln in Richtung seiner Hand, als wäre sie ein fremdes Wesen, das sich schmerzerfüllt nach etwas Unerreichbarem zu strecken schien.

XXX

»Das Einzige, was uns übrig bleibt, ist den Kopf zu senken. Wieder zu Menschen zu werden – und nicht zu Göttern.«
Elias stand vor ihnen im Schulhof, die Statue im Rücken, die Hand verbunden. Maja war an seiner Seite. Seine Augen leuchteten, als er sagte:
»Ihr habt den Großen Vogel als Feind betrachtet. Das ist er nicht. Er wurde uns geschickt. Betrachtet ihn als Geschenk. Wir können ihn anbeten, aber wir können ihn um nichts bitten. Es gibt keine Verbindung zwischen ihm und uns – nur die, dass wir alle Teil eines großen Ganzen sind.«
Alle Aufmerksamkeit war auf Elias gerichtet, der die Schüler in dem fast siedenden Licht völlig in seinen Bann gezogen hatte. Die Stimmung war intensiv und feierlich, als Liam nach vorne trat.
»Das ist eine Lüge!«, rief er. »Der Vogel ist nicht echt! Das ist nur eine Drohne! Ein Gerät, das die Regierung oder irgendein Geheimdienst losgeschickt hat, um uns hier gefangen zu halten! Um uns zu töten!«
»Was ist echt?«, fragte Elias. »Bist du echt, Liam? Das ist ein mechanischer Vogel, natürlich, aber er hat ein eigenes Leben bekommen. Er hat *Bedeutung*. Hast du auch Bedeutung, Liam?«

»Das ist eine Waffe!«
Kate versuchte, die Aufmerksamkeit der Gruppe auf etwas anderes zu lenken.
»Lucas aus der 4a ist heute Nacht gestorben. Sollten wir ihn nicht begraben?«
Aber Liam und Elias beachteten sie gar nicht.
»Das Ding ist nichts anderes als eine beschissene Waffe!«, brüllte Liam. »Seht ihr das denn nicht?«
»Vergiss nicht«, sagte Elias, »dass die Erwachsenen am anfälligsten für diese Krankheit waren. Das ist wiederum ganz natürlich: Wen würde man selbst zuerst unschädlich machen wollen? Natürlich den, der am meisten Schaden anrichtet. Und wenn es nach Größe und Alter geht, wer ist dann der Nächste? Das bist du, Liam.«
Man konnte einen Blutfleck auf dem Verband sehen, als Elias in seine Richtung zeigte. Liams Gesicht war rot angelaufen, seine Nase glänzte wie Granit in der Sonne, er sah aus wie einer, der im Begriff war, nach vorne zu stürmen, um jemandem einen Kopfstoß zu verpassen. Benjamin war davon überzeugt, dass Liam auf Elias losgehen würde und der schon bald nur noch hoffen konnte, dass sein Vogel auf die eine oder andere Art eingriff, denn wenn nicht,

würde er selbst zu Tode geprügelt. Aber irgendetwas ließ Liam zögern, ließ ihn zum Vogel schauen.
»Ich werde mich niemals einem beschissenen Modellflieger-Vogel unterwerfen!«, rief Liam. »Ich finde einen Weg hier raus!«
»Der *Nächste*, Liam«, sagte Elias.
Liam schwankte, ballte die Fäuste.
»Die, die nicht an den Vogel glauben ... Die, die hier rauswollen ... Die können mit mir kommen!«
Er zögerte, dann drehte er sich um und marschierte ins Schulhaus. Benjamin wusste nicht, was ihn dazu bewegte, sich Liams Gruppe anzuschließen, aber er tat es. Er ging mit ihm. Sie setzten sich in den Biosaal. Simon war Benjamin ganz automatisch gefolgt. Ihre Gruppe bestand vor allem aus Jungen und war deutlich kleiner als die, die Elias um sich geschart hatte. Das Skelett grinste von seinem Stativ herunter. Liam lief im Kreis, wie ein Löwe im Käfig.
»Wieso hast du ihnen das Messer gegeben?«
Benjamin wusste nicht, was er sagen sollte, aber er musste auch nicht antworten, als er sah, wie es Liam beim Anblick des Tischs übel wurde, auf dem er mit Maja geschlafen hatte. Dann ging Liam zu den Vitrinen an der Wand und nahm eine alte Steinaxt heraus.

XXXI

Die Schüler hatten sich im Schulgebäude verteilt: Die eine Gruppe hielt sich rund um den Biosaal im westlichen Flügelbau auf, die andere im Lehrerzimmer in der Mitte und die Kranken lagen in der Turnhalle im östlichen Flügelbau.
Wenn sie sich auf den Fluren begegneten, musterten sie sich schweigend wie Fußballmannschaften im Spielertunnel. Man begnügte sich damit, zu lästern und allerhöchstens bedrohlich – auch ein bisschen zum Spaß – zu gestikulieren. In erster Linie hielt man einen gewissen Abstand.
Die Turnhalle war neutrales Gebiet. Eine Handvoll gesunder Schüler, darunter Kate, kümmerte sich um die Kranken.

Liam hatte dem Skelett eine Flasche zwischen die Kiefer und eine zweite durch den Beckenboden nach oben geschoben. Manchmal lag Benjamin da und starrte es an. Besonders die Abende und Nächte waren lang. Einige Schüler versuchten, die elektronische Ausrüstung zu hacken, um mit anderen in Kontakt zu kommen. Einige sahen Filme, zusammen oder alleine. Und außerdem aßen und tranken sie, Kuchen, Fladenbrot und Limonade. Offensichtlich rationierte Liam in keiner Weise das Essen, obwohl es Wochen her war, dass sie das letzte Mal einen Hubschrauber am Himmel gesehen hatten. Aber egal was es gab: Benjamin hatte keinen Appetit. Was hätte mein Vater getan?, fragte er sich. Er dachte an seine Mutter. Er dachte an Emilie. An den Friedhof von Schülern und Lehrern, der hinter ihnen lag. Simon ging es noch schlechter. Er bekam keine Tabletten mehr, war extrem nervös, rollte nachts im Schlaf unruhig hin und her und heftete sich tagsüber an Benjamins Fersen.

»Warum bin ich nicht krank?«

Simon hatte die Frage schon eine Million Mal gestellt und Benjamins Geduld war langsam wirklich am Ende.

»Ich weiß es nicht, Simon.«

»Ich bin einer der wenigen, die nicht krank sind«, fuhr Simon fort.

»Ja.«

»Warum? … Warum?«

»Keine Ahnung.«

»Du bist auch nicht krank, Benjamin.«

»Ja.«

»Wir beide sind zwei der wenigen, die nicht krank sind.«

»Ja.«

»Warum?«

»Schau dir den Film an, Simon.«

Fünf Minuten, dann fragte er wieder. Benjamin schloss die Augen. Er wusste es doch auch nicht. Er war nicht mal mehr in der Lage, darüber nachzudenken. Er wachte morgens auf und lauschte in seinen Körper hinein. Aber es machte ihn nicht froh, es war nur das Ergebnis einer willkürlichen Aufgabe: Er war immer noch gesund.

XXXII Eines Nachts führte Liam eine Gruppe der fünf ältesten Jungen an. Sie schlichen sich in die Küche des Lehrerzimmers und stahlen Essen und Getränke, die vom Schulfest übrig geblieben waren. Außerdem gelang es ihnen, sich ein Brotmesser zu schnappen. Sie kamen zurück wie Wikinger vom Raubzug. Das Ganze wurde mit einem Trinkgelage gefeiert, bei dem Liam auf den Tisch sprang und schrie:
»WIR WERDEN ENTKOMMEN! WIR WERDEN ENTKOMMEN!«
So standen sie da, als sich der Horizont färbte wie glühende Lava.

XXXIII Lärm, der vom Schulhof heraufdrang, weckte sie. Sie standen auf und bekamen einen Schock. Die andere Gruppe hatte sich in dem sonnigen Schulhof aufgestellt und eins, zwei, drei, vier: Ausnahmslos alle hatten sich die Köpfe rasiert. Liam versuchte, sich darüber lustig zu machen – lachte laut und nannte sie Eierköpfe –, aber schon kurz darauf standen sie stumm vor Erstaunen und Ehrfurcht an den offenen Fenstern. Benjamin starrte unverwandt auf Maja: Ohne ihre langen blonden Haare erkannte er sie kaum wieder.

»Wir sind die erste Generation, die sich weigert zu urteilen!«, sagte Elias. »Wir versprechen niemandem etwas – am wenigsten uns selbst!«

Nach seiner Rede stand die Gruppe reglos da, so lange, wie es dauerte, ein Kirchenlied zu singen, während der Vogel über ihnen kreiste. Wachte er lautlos über ihnen? Oder lag eine dünne Haut aus höhnischer Gleichgültigkeit über dem Ganzen? Ergab es Sinn? War der Vogel ein unerschütterlicher Halt, eine Uhr, ein Perpetuum mobile, etwas, das ihnen bis zum Schluss treu sein würde? Der beste Freund des neuen Menschen?

XXXIV

Sie schnappten ein paar der Regeln auf, die für Elias Gruppe galten.

Man sollte so wenig wie möglich essen.

Nur Wasser trinken.

Dem Äußeren keine Beachtung schenken.

Den Vogel akzeptieren.

In Liams Gruppe gab es keine vergleichbaren Regeln. Die einzige Regel – abgesehen davon, sich von den anderen fernzuhalten – hieß, alle Regeln zu überschreiten. Das galt für die Regeln, die vor der Krankheit an der Schule herrschten.

Damals durfte man auf den Fluren nicht Fahrrad fahren, was dazu führte, dass man über eine Woche lang täglich Indoor-Fahrradrennen veranstaltete. Eins, zwei, drei, vier von ihnen rasten mit Höchstgeschwindigkeit die Gänge entlang und hinterließen Bremsspuren auf dem Linoleum. Wenn sie der anderen Gruppe begegneten, rauschten sie dicht an ihnen vorbei, brüllten und machten sich über sie lustig.

Sie spielten im Gebäude Fußball.

Sie hielten Kippel-Wettbewerbe auf Stühlen ab. Verschiedene Disziplinen: Dauerkippeln, Schnell-Kippeln und Am-weitesten-

zurück-Kippeln. Sie lachten, wenn jemand rücklings mit dem Kopf auf den Boden knallte. Liam lachte am lautesten von allen.
Sie machten alles, als wäre es ihr innigster Wunsch. Ihr größter Traum.
Aber Simon brauchte Regeln. Die Regeln, die Benjamins Vater und Emilie einst für ihn aufgestellt hatten und innerhalb derer er funktionieren konnte, sodass man ihn fast mit einem normalen Schüler hätte verwechseln können.
Wenn Simon versuchte mitzumachen, mit Liams Tempo mitzuhalten, stieß er entweder auf die Ablehnung der anderen, weil er schnell zu sehr aufdrehte, oder es endete damit, dass er sich plötzlich in sich selbst zurückzog, weil er die chaotische Situation nicht mehr überblicken konnte. Er klebte immer mehr an Benjamin, der sich manchmal dabei ertappte, dass er Simon am liebsten eine geknallt hätte.
Benjamin beobachtete Liam auf dem Fahrrad, grölend, mit rotem Kopf und schweißglänzendem Oberkörper. Und zum ersten Mal dachte er, dass es Liam vielleicht sogar noch schlechter ging als Simon und ihm. Dass er wie ein verwundetes Tier war. Aber weiß ein schwer verletztes Tier, dass es sterben wird?

XXXV

Die andere Gruppe hielt ihre Treffen in der Mittagshitze auf dem Schulhof ab, was tagtäglich wie ein rotes Tuch auf Liam wirkte.

Elias' Stimme war laut und klar. Er sprach davon, dass die Bibel ein großer Schwindel sei, aber er sagte auch, dass Sodom und Gomorrha reale Orte waren, die dem Erdboden gleichgemacht wurden.

»Was wir nie erfahren haben, ist, dass es dort in den Ruinen Überlebende gab – gelähmte, verkrüppelte Geschöpfe, die auf einer Erde weiterlebten, auf der nichts gedeihen wollte. Wir haben nie von diesen Menschen gehört, weil es ihnen zuwider gewesen wäre. Sie wollten nicht berühmt sein! Sie wollten nicht reich werden! Sie wollten nichts. Sie wünschten sich nichts. Aus dieser Asche sind *wir* auferstanden!«

Liam hatte wütend nach Luft geschnappt. Jetzt verließ er wortlos den Raum.

Niemand sagte etwas, aber als sie aus den Fenstern des Biosaals zusahen, wie Liam mit einem Spaten in der Hand auf den Schulhof stürmte, waren sie sicher, dass er mit dem Gartengerät auf die andere Gruppe losgehe. Aber stattdessen stellte er sich links von ihnen auf, vor dem Zaun, und fing an zu graben. Liam grub, dass die Erdklumpen in alle Richtungen flogen. Er rammte den Spaten in den Boden, als wollte er ihn strafen. Eine Staubwolke stieg von seiner Grube auf und die ganze Situation war so absurd, dass sie anfingen, ihn anzufeuern, als wäre es ein Wettkampf. Spaten gegen Stimme. Stimme gegen Spaten.

Elias redete unangefochten weiter und Liam stand schon bald bis zur Brust in seinem Loch. Elias' sorgsam gewählte, klingende Worte gegen Liams kraftvolle Hiebe. Wieder und Wieder.

Aber als Elias' Gruppe den Schulhof verließ, grub Liam immer noch und die anderen rannten zu ihm, als wäre er damit der erklärte Gewinner des Wettkampfs. Aber unter der strahlenden Sonne, umkreist vom schwarzen Haischatten des Vogels, verflog ihre Euphorie und die Wirklichkeit holte sie ein. Nur Liam machte unverdrossen weiter.

»Wer ist gestorben?«

Liam hielt einen kurzen Moment inne, stützte das Kinn auf den Spatenstiel und lächelte.

»Niemand. Gar niemand.«

XXXVI Drei Nächte später schickte Liam zwei Jungen in den Tunnel. Sie waren mehrere Meter unter der Erde und es war dunkel, aber als sie die letzten Zentimeter unter den Zaun gruben, wurden sie von oben durchbohrt. Von der Schule aus konnte man sehen, wie die Erde im Mondlicht nach oben spritzte, als hätte jemand erfolglos versucht, zwei Steine übers Wasser springen zu lassen, die stattdessen in die Tiefe plumpsten. Liam setzte sich mit einer Flasche Wein in eine Ecke.

XXXVII

Am nächsten Tag wurden drei beerdigt. Die beiden, die versucht hatten zu fliehen, und einer, der an der Krankheit gestorben war. Er hatte ebenfalls zu Liams Bande gehört und nach der Beerdigung kam es zum Tumult, weil sich ein paar aus der Gruppe Elias anschließen wollten. Benjamin hatte nicht mitbekommen, was los war, weil Simon sich in die Hose gepinkelt hatte – vor Angst, Anspannung, Zerstreutheit, Müdigkeit oder aus irgendeinem fünften Grund – und er ihm beim Umziehen geholfen hatte. Benjamin konstatierte, dass einer aus Elias' Gruppe eine blutige Nase hatte und Liams Shirt zerrissen war. Er musste an den Witz denken, der an einer Toilettentür stand:
Ist »Wespe« eigentlich ein Stichwort oder ein geflügeltes Wort?

XXXVIII

Auch wenn Benjamin schlecht schlief, wachte er pünktlich auf, als müsste er zum Unterricht. Das saß tief in seinem Körper. Genau wie bei seiner Mutter. Er hatte von ihr geträumt. Simon schlief noch und im Biosaal war alles still. Benjamin stand auf und schlich sich raus.

Er ging den Gang zum Lehrerzimmer hinunter, aber dann bog er ab und ging auf den Schulhof. Er setzte sich ans Grab seines Vaters, an den Sockel der Dichterstatue gelehnt.

Benjamin sah sich um. Das Licht war ohne Richtung und Wärme, aber trotzdem grell. Er war sich sicher, dass er neulich Lachen jenseits des Sportplatzes gehört hatte. Und an einem anderen Tag ein fernes Tuten, wie das Geräusch eines Lasters oder die Luftdruckfanfare einer Horde Sportfans. Wie ein Schiff, das durch den Nebel fährt.

Jetzt hörte er Schritte hinter sich.

»Hi, Benjamin. Wie geht's dir?«

Es war Maja. Benjamin zuckte mit den Schultern und sie kniete sich neben ihn. Lange schwiegen sie gemeinsam. Er konnte sie riechen, angenehm, blumig und gleichzeitig stechend, wie Schweiß. Sie beugte sich vor und küsste ihn auf die Wange.

»Schließ dich unserer Gruppe an. Wir verstehen dich.«

Maja hatte abgenommen. Ihre Brüste waren nicht mehr so auffällig wie früher, sie hatte eine Glatze und sie war schon lange nicht mehr so braun gebrannt, aber tatsächlich war sie anziehender als je zuvor.

»Ich komme«, antwortete er.

Benjamin blieb noch einige Minuten sitzen, ohne zu wissen, was er dachte. Ob er dachte. Dann stand er auf und ging zu Liam und Simon zurück.

XXXIX

Laura 3a.
Silas 7b.
Sasja 9a.
Oliver 6b.
Mathias 1a.
Anna 1a.

XXXX Die Flure waren leer. Man konnte lange gehen, ohne auch nur einer Menschenseele zu begegnen. Im Lagerraum entdeckten sie ein paar alte Weltkarten. Es war ein merkwürdiges Gefühl, sie aufzurollen und die Finger ungehindert über Bergketten, Grenzen und Meere wandern zu lassen. Wie war es in Rom? Gab es Frankreich noch? Was machte Peking? Wimmelte und lärmte es in Neu Delhis Straßen nur so vor Leben? Spielte in England jemand Fußball? Waren die USA entvölkert?

XLI

Sie sahen die Zahlen zum ersten Mal auf den Fluren. Mit roter Sprühfarbe waren sie an die Wand geschrieben worden.

7.7.7.7.7.7.

Am nächsten Tag waren die Siebener durchgestrichen. 6.6.6.6.6.6. Die Toten konnten also nicht gemeint sein. Hier stieg die Zahl in Liams Lager genau wie in Elias'.

Aber die Tage gingen so weiter. Wie ein Hotelaufzug auf dem Weg nach unten.

5.

4.

3.

2.

1.

XLII 0.

Elias' Gruppe versammelte sich im Schulhof, das Sonnenlicht glänzte auf ihren kahlen Köpfen und sie standen da, wie sie es jeden Vormittag getan hatten, in der Stille eines Liedes. Dann ergriff Elias das Wort und sprach mit geschlossenen Augen.

»Es gibt Tote und es wird noch mehr Tote geben. Wir werden nicht darum bitten zu überleben. Im Gegenteil. Wir werden niemanden um etwas bitten. Leben und Tod sind keine Gegensätze. Sie sind Brüder. Sie sind Schwestern. So wie wir. Wieso *es* tun? Ohne Grund. Weil *du* es kannst.«

Er öffnete die Augen und ein Mädchen, offenbar eine Dritt- oder Viertklässlerin, trat nach vorne. Sie beugte sich zu Elias und umarmte ihn, danach Maja, dann den nächsten in der Reihe. Als sie jeden aus der Gruppe umarmt hatte, drehte sie ihnen den Rücken zu. Die anderen standen in einer Reihe hinter ihr, die Hände gegenseitig auf die Schultern gelegt. Dann ging sie los. Für einen Augenblick schien sie aus dem Takt zu kommen, aber sie fand schnell in ihren Rhythmus zurück. Das Ganze lief wortlos und choreografiert ab, wie eine Tanzformation, und vielleicht war das der Grund, warum niemand Verdacht schöpfte oder eingriff, als wären sie alle

sicher, dass das Mädchen umkehren würde, bis zu der Sekunde, in der es nicht mehr möglich war. In der sie die Hände an den Zaun legte. In der sie erschossen wurde.
Liam schrie auf, mehrmals, aber erst viel später – und nach tausend Fragen eines verzweifelten Simons – begriff Benjamin, dass sie eine Art kollektiv arrangierten Selbstmord miterlebt hatten. Als ihm das bewusst wurde, explodierte er und ein besinnungsloser Zorn übermannte ihn. Simon stand ihm am nächsten und Benjamin ließ seine ganze Wut an ihm aus. Gab ihm die schlimmsten Namen – sagte Worte, von denen er sicher war, dass er sie nie zuvor in den Mund genommen hatte. Minderbemittelt. Zurückgeblieben. Verlierer. Primitiv. Eine Belastung für die Gesellschaft. B-Bürger. Dümmer als ein Hundewelpe. Schmarotzer. Idiot. Hirntot. Er brüllte und Simon heulte, als wäre jedes Wort ein Peitschenhieb. Simon versuchte, ihn zu umarmen, aber Benjamin stieß ihn weg und machte weiter. Er machte ihn so lange nieder, bis Simon sich umdrehte und heulend den Flur hinunterwankte.

XLIII

Es hatte sie schon immer gegeben, schon bevor das alles anfing: Diese Momente völliger Leere, in denen Benjamin die Orientierung verlor, nicht mehr wusste, wo er war oder wohin er gehen sollte. Jetzt war es wieder so, aber dieses Mal übermannte ihn das Gefühl mit größerer Macht, nicht nur vorübergehend, sondern anhaltend und drückend, widerwärtig; es kam ihm vor, als würde er fallen; als würde er bei jedem Schritt den Boden unter den Füßen verlieren.

Benjamin hatte darauf gewartet, dass Simon in den Biosaal zurückkam. Er hatte die ganze Nacht gewartet und als Simon nicht wieder auftauchte, suchte er ihn in jedem Winkel der Schule. Er rief ihn, er entschuldigte sich lautstark. Dann bekam er Angst, Simon könne einen Unfall gehabt haben oder krank geworden sein.

Aber Simon war auch nicht in der Turnhalle. Dennoch ging Benjamin nicht wieder weg. Er blieb bei den Kranken. Er war dankbar, dass Kate nicht fragte, wieso er plötzlich da war. Sie zeigte ihm, wie man die Tabletten dosieren musste, Salbe auftrug, das Wasser auffüllte und wer was bekam.

Benjamin meldete sich weder bei dem einen an noch bei dem anderen ab. Er fing einfach an, in der Turnhalle zu helfen, und als er erschöpft war, ließ er sich auf eine Sprungmatte in der Jungenumkleide fallen. Er trank einen Schluck Wasser, aber hungrig war er nicht. Er war gar nichts. Als er die Augen zumachte, hatte er das Gefühl, auf einem schwankenden Schiffsdeck zu liegen. Erst war es unangenehm, danach half es ihm zu schlafen.

Er hatte sich nicht aus Angst vor der Ansteckung von der Turnhalle ferngehalten – sie wussten sowieso nicht, wie die Krankheit sich ausbreitete –, sondern weil er schon im Vorfeld zu oft an seinen Vater denken musste. An seine Mutter. Emilie. Jetzt stellte sich heraus, dass die Kranken seine Gedanken beschäftigt hielten.

Wenn sie eine Pause brauchte, setzte Kate sich aufs Schuldach. Benjamin fing an, ihr Gesellschaft zu leisten. Kate hatte alle Ringe aus ihrem Gesicht entfernt.

»Es ist unglaublich, wie man mit manchen Dingen weiterlebt«, sagte sie. »Auch mit den großen, die das Leben von Grund auf verändern.«

Benjamin wusste nicht, was er sagen sollte.

Kate fuhr fort:

»Jetzt genügt es mir, auf einem Dach zu sitzen und auf ein leeres Feld zu starren. Dass auch *so etwas* Freiheit sein kann. Und das, obwohl ich früher am liebsten die Schule angezündet hätte und in die Welt gezogen wäre …«

»Wohin wärst du gerne gegangen?«

Kate sah Benjamin an, als wäre sein Gesicht eine Landkarte, die sie studierte.

»Daran kann ich mich nicht mehr erinnern«, sagte sie. »Oder vielleicht kann ich es doch, aber das sind alles nur noch Worte ohne Bedeutung. Reisen besteht zur Hälfte daraus, sich die Orte vorzustellen. Inzwischen kann ich mir gar nichts mehr vorstellen.«

»Elias hat recht, oder?«, fragte Benjamin. »Was ist das? Was macht es möglich, dass wir andere vergessen können?«

»Die Sonne.«

XLIV Die Gestalt kommt vom Ende des Flurs auf ihn zu, im Schatten und aus der Entfernung unmöglich zu identifizieren. Benjamin weiß nicht, ob sie verabredet sind oder ob es ein Zufall ist. Als sie in den Lichtkegel gleitet, der durch die Tür der Aula fällt, erkennt Benjamin, dass es Maja ist, und sein Herz beginnt zu klopfen: Es ist ein verbotenes Date. Ein geheimes Treffen von zweien, die sich lieben, aber deren Familien sich hassen. Benjamin spürt die Wärme in seinem Körper, als würde er Maja schon an sich drücken. Dann kann er sehen, dass sie langsamer geht, zögert, als würde sie es sich anders überlegen. Sie legt die Hand an die Wand über ihrem Kopf, als würde sie weinen. Dann stürzt sie. Benjamin rennt zu ihr, es kann nicht schnell genug gehen, aber die Entfernung erscheint ihm plötzlich gewaltig. Er bekommt einen Schock, als er endlich bei ihr ankommt und sieht, wie dünn und blass sie ist. Sie hat eine entzündete Wunde am Schlüsselbein und rissige Lippen. Für einen kurzen Moment öffnet sie die Augen, rot vom Fieber, dann schließt sie sie wieder.

Benjamin wusste, dass er schlief. Dass es nur ein Albtraum war, aus dem er wieder aufwachen würde. Der Albtraum war aufgebaut wie ein klassisches Drama. Ihm war bewusst, dass erst alles schlimmer werden würde. Als er also die roten Streifen an mehreren Stellen ihres Körpers entdeckte – am Hals, den Armen, im Nacken –, erkannte er, dass es sich dabei um die so genannte »Steigerung« handeln musste. Deshalb gehörte es auch zum notwendigen Verlauf, dass jetzt ein Tropfen Blut aus Majas Nasenloch auf die Oberlippe rann. Damit näherte er sich glücklicherweise dem Ende. Was den Albtraum betraf, bestand die Konfliktlösung darin aufzuwachen.

Erst als Kate ihn schüttelte und er zu sich kam, nicht in seinem Bett, sondern über eine leblose Maja gebeugt, begriff er, dass es kein Albtraum war. Keine Konfliktlösung.

Sie zählten bis drei, dann hoben sie die Bahre an, die aus einer Leiter und einer Matratze bestand. Benjamin hätte nicht gedacht, dass er noch Tränen hatte, aber er hatte. Trotzdem sah er sie, an der Wand hinter Kate, als sie Maja zu den Kranken in die Turnhalle trugen. Eine neue Sieben.

XLV Einerseits war sie kaum wiederzuerkennen und andererseits war sie wie immer; dieselbe Mischung aus Vertrautheit und Fremdheit, wie sie manchmal bei Wachsfiguren irgendwelcher Berühmtheiten vorkam. Bei dem Gedanken hätte Benjamin sich schlecht fühlen müssen, aber das tat er nicht. Maja lag im Sterben. Sie hatte unzählige Male erbrochen und genauso oft hatte er aufgewischt. Jetzt kamen nur noch Spuren von Blut hoch. Die Kratzer auf ihrem Körper glühten. Das Fieber stieg, sie konnte nicht mehr trinken und verlor langsam das Bewusstsein. Als sie die Augen öffnete, sah er den blinden, milchigen Film.

Über so viele Jahre hatte sie ihn Tag für Tag begleitet – ohne selbst davon zu wissen: beim Zeitungaustragen, im Wald, auf dem Fußballplatz, im Lärmen des Rasenmähers, spätabends im Bett und auf den gelben Steppen seiner Träume. In den Weihnachtsferien in der Hauptstadt, im Sommer bäuchlings im Garten. Als er sich zum ersten Mal betrunken hatte und als er das erste Mal kotzen musste. Als er seine Spange bekam und als er sie wieder loswurde.

Sogar damals, als ein Laster beim Rechtsabbiegen sein Fahrrad übersah und ihn in die Luft beförderte, während das Rad unter einem tonnenschweren Reifen zermalmt wurde, war sie bei ihm. Er lag rücklings auf dem Asphalt und glotzte in einen Himmel, der so unendlich groß und blau und zugleich so nah war, dass er glaubte, die Hand hineinstecken zu können wie in ein Aquarium. Aber als er versuchte, den Arm zu heben, ging es nicht. Er war davon überzeugt, dass er sterben würde – und genau in diesem Moment stellte er sich vor, dass sie sich über ihn beugte, als das Letzte, was er auf dieser Welt sehen wollte.

Jetzt war er es, der neben ihr kniete. Sie konnte ihn nicht länger sehen, aber er hatte trotzdem das Gefühl, zu ihr hochzublicken, als sie starb.

XLVI 0.

Vor seinem inneren Auge hatte Benjamin schon erlebt, was er jetzt zum ersten Mal wirklich sah: Inmitten der Gruppe rasierter Schädel stand Simon auf dem Schulhof und seine Glatze schimmerte in der Sonne wie eine frisch geprägte Münze. Auch wenn die Glatze eine Art Uniform war, ließ es ihn nur noch verletzlicher aussehen. Es versetzte Benjamin einen Stich, das schlechte Gewissen überwältigte ihn, auch gegenüber seinem Vater, der immer davon gesprochen hatte, andere Menschen zu achten: Benjamin hatte versagt.

Aber dieses Gefühl war nichts im Vergleich zu dem Schlag in die Magengrube, der ihn traf, als das Ritual begann und Simon nach vorne trat. Mit kochendem Kopf sah er, wie Simon die anderen der Reihe nach umarmte. Wie die anderen sich hinter ihn stellten, mit den Händen auf den Schultern eine Kette bildeten.

Als Simon den ersten Schritt machte, hätte Benjamin am liebsten geschrien.

Als er den zweiten machte, brüllte er:

»Simon! Stopp!«

Simon zuckte kurz mit dem Kopf, bevor er den nächsten Schritt machte und dann noch einen auf seinem Weg zum Zaun, und für ein paar lange, lähmende Sekunden verwandelte Benjamin sich in den schwarzen Vogel, der hoch in der Luft schwebte. Er sah die Szene von oben, als würde er sorgenfrei über allem kreisen. Er sah den Dichter auf seinem Sockel und er sah das graue Beet, das Grab seines Vaters. Er sah die Reihe rasierter Köpfe wie Perlen einer abgelegten Kette, aus denen sich eine gelöst hatte, die jetzt an die Tischkante rollte.

Von hoch oben oder auf dem Weg nach unten sah er, wie Liam aus der Schule stürmte, bewaffnet mit einem Brotmesser. Hinter ihm seine Gruppe, zusammengeschrumpft auf vier Jungs, die mit Gartengeräten und Schlagballschlägern fuchtelten, aber in der Nähe des Eingangs blieben, weil sie offenbar die Überzahl kahl rasierter Individuen fürchteten. Liam sah aus wie ein Grabräuber unter Engeln.

Und dann war Benjamin wieder ein Mensch unter Menschen und in der Lage etwas zu tun, ohne vorhersehen zu können, ob es das Richtige war: Er rannte. Er spurtete zu Simon, erreichte ihn zwei Meter vor dem Zaun und schlang die Arme um ihn. Er hielt Simon fest, der noch versuchte, Benjamin wegzustoßen, bevor er strammstand wie ein Soldat.

»Geh weiter!«, rief Elias.

Aber als Elias nach vorne trat, war Liam schon bei ihm und so, die Arme um Simon geschlungen, sah Benjamin, wie die beiden aufeinander losgingen. Liam mit dem Brotmesser und Elias mit dem Messer, das einst Benjamins Urgroßvater gehört hatte. Er zögerte nicht, sondern rammte es in Liams Arm. Man konnte sehen, wie sich Liams Fassungslosigkeit in blanken Zorn verwandelte. Er stürzte sich auf Elias, mit einem Rugby-Tackling, das Elias nicht erwartet hatte. Überrumpelt landete sein Messer im Leeren. Sie kämpften, umklammerten ihre Handgelenke, bis Liam Elias einen Kopfstoß verpasste, der ihn rückwärts auf den Boden beförderte. Liam setzte sich auf ihn, das Messer erhoben, die Klinge blitzte im Sonnenlicht.

»Dann töte mich«, sagte Elias.

Liam zog den Arm zurück, aber statt das Messer nach unten zu rammen, schleuderte er es in die Luft, wo es den schwarzen Vogel um einen Meter verfehlte. Er sprang auf.

»Ihr könnt mich nicht ändern!«

Danach schleuderte er auch das zweite Messer hoch, das gegen den Vogel prallte. Es klang wie das Quietschen einer Geigensaite, aber die Drohne wich nicht von ihrer mechanischen Bahn ab.

Mit einem lauten Schrei rannte Liam an allen vorbei, auch an Benjamin und Simon, und sprang mehrere Meter am Zaun hoch. Als der Schuss fiel, blieb er am Gitter hängen, eine Armlänge vom Ende des Zauns entfernt, als wäre nicht einmal sein toter Körper bereit aufzugeben. Dann rutschten seine gekrümmten Finger langsam am Drahtnetz hinunter.

Simon bewegte sich nicht, aber er hatte die Stirn an Benjamins Schulter gelegt und Benjamin spürte, wie sehr Simon zitterte. Dann wurde ihm bewusst, dass er selbst genauso bebte.

»Es tut mir leid, Simon«, flüsterte er. »Komm. Lass uns reingehen.«

Als er die Hand um Simons Nacken legte, bemerkte er sie, frisch und erhaben wie Blindenschrift. Als hätte eine grünäugige Katze auf Benjamins Schulter gesessen und Simon im Nacken gekratzt.

XLVII Es hatte vier Tage in Folge Tote gegeben. Erst Maja, dann zwei weitere und schließlich das jüngste Kind der Schule, ein Junge, der am Vormittag der Krankheit erlag. Benjamin sah, wie mitgenommen Kate war.

»Die Letzte«, sagte sie und schaute auf ihre Zigarette.

Benjamin beobachtete ihre zitternden Hände.

Lange saßen sie schweigend da und blickten über die menschenleere Landschaft. Eine riesige Libelle schwebte in der Luft, mit Flügeln, die aussahen, als wären sie mit Blattgold belegt.

»Glaubst du, dass irgendwo auf der Welt jemand an uns denkt?«, fragte Kate. »Also ich meine jetzt, in diesem Moment?«

Benjamin dachte an Simon, der schlafend in der Turnhalle lag, auf dem Weg in die Phase, in der das Fieber einfach stieg und man kein Wasser mehr bei sich behalten konnte. Die vorletzte Phase.

»Ja, die gibt es. Jetzt, in diesem Moment«, antwortete Benjamin, selbst überrascht, und spürte eine sonderbare Überzeugung, die unmöglich aus ihm selbst entsprungen sein konnte. »Daran habe ich überhaupt keinen Zweifel.«

XLVIII

»Ich bin ein bisschen anders als die anderen.«
»Ja.«
»So bin ich auf die Welt gekommen.«
»Ja.«
»Also ist meine Krankheit auch anders.«
Simons Stimme war heiser und schwach. Benjamin antwortete nicht, aber er befeuchtete seine Lippen mit einem nassen Tuch.
»Ich bin ein bisschen anders, also ist meine Krankheit anders.«
Benjamin nickte kurz und Simon lächelte und schloss die Augen. Kurz darauf spürte Benjamin seine Hand auf dem Arm.
»Wir zwei bleiben zusammen, nicht wahr?«
»Für immer«, antwortete Benjamin.
Simon sah ihn an und Benjamin versuchte, ihm ein paar Tropfen Wasser einzuflößen, was einen Hustenanfall auslöste. Danach sank Simon erschöpft zurück. Benjamin dachte an die vielen Tage, an denen sie gemeinsam zur Schule gefahren waren. Wie er dafür gesorgt hatte, dass Simon sich nicht von jungen Kätzchen oder Pflaumenbäumen ablenken ließ. Wie er ihm geholfen hatte, als ein paar ältere Jungs hinter ihm her waren. Simon, der lachte. Simon, der seinen Namen rief. Wieder und wieder und wieder.

Als Simon aufwachte, stützte er sich auf die Ellenbogen.

»Ich bin anders. Ich bin nicht so krank wie die anderen.«

Mit fieberblinden Augen starrte er in die falsche Richtung, zur Wand.

»Du wirst es schaffen«, log Benjamin.

XLIX

Benjamin wachte mit rasenden Kopfschmerzen auf. Sein Gesicht fühlte sich an, als hätte ihm jemand über Nacht sämtliche Zähne gezogen. Als er auf die Beine kam, wurde ihm schwindelig. In der Turnhalle schliefen offenbar alle noch.
Er ging den Flur hinunter. Registrierte aus dem Augenwinkel die Zweier. Er öffnete zum ersten Mal seit dem Tod seines Vaters die Tür zu dessen Büro. Lange starrte er auf das Foto, das auf dem Schreibtisch stand, sah seine Mutter und sich. Sie kamen ihm vor wie Fremde in einer Werbeanzeige für irgendeinen Urlaubsort. Damit es nicht zu schmerzhaft wurde, beugte er sich schnell nach unten, schob den Teppich beiseite, klappte das Brett hoch und nahm die Pistole heraus. Sie war leichter, als er erwartet hatte. Danach ging er nach unten ins Lehrerzimmer.
Die anderen waren noch nicht aufgestanden, als er das Licht anknipste und direkt zu Elias ging, der zugedeckt auf dem Rücken lag. Benjamin fuhr zusammen, als er sah, dass Elias die Augen offen hatte, als hätte er auf ihn gewartet. Elias rührte sich nicht. Keiner von ihnen sagte ein Wort. Hinter sich spürte Benjamin eine Unruhe, aber er merkte auch, dass keiner wagte, sich einzumischen. Elias wirkte nicht ängstlich, eher so, als wäre das alles Teil einer

Vereinbarung, als wüsste er mehr über Benjamin als Benjamin selbst. Es vergingen eins, zwei, drei lange Sekunden. Benjamin hatte immer geglaubt, dass er ohne Probleme jemanden erschießen könne, falls es darauf ankam, aber als er da stand, die Pistole auf einen anderen Menschen gerichtet, wurde ihm klar, dass er das niemals schaffen würde.
Elias lächelte höhnisch. Dann drehte er sein Gesicht ein kleines Stück zur Seite, bevor er sich erbrach. Da kam sie, da konnte Benjamin die Angst in seinen Augen sehen. Sie galt nicht ihm, sondern allem und nichts zugleich und Benjamin drehte sich um und ging.

Benjamin stand wenige Schritte vom Grab seines Vaters entfernt mit einer Pistole in der Hand. Er blickte zum Sportplatz. Die Erde von Simons Grab erhob sich höher und dunkler als die der anderen.

L Benjamin legte die Pistole auf die schwarze Platte, schloss den Griff und stellte den Brennofen an. Er blieb vor der Glastür sitzen. Er sah vor allem seinen eigenen Umriss.

LI »Wenn irgendwo in einer Großstadt ein Fußgänger auf der Straße beiseitegeht, gibt es in einem Dorf auf der anderen Seite der Welt einen Menschen, der einen anderen liebt.«

LII Jemand sagt etwas.

LIII Elias war der Letzte, den sie begruben. Es gab immer noch Kranke, die Pflege brauchten, und sie arbeiteten rund um die Uhr. Unter den Kindern gab es keinen Anführer, aber sie kamen zu Kate. Manchmal auch zu Benjamin. Die beiden hatten schon lange aufgehört, die Tage zu zählen. Manchmal machten sie auf dem Dach Pause.

Aber dann war es, als würden die Kranken in der frühen grippeartigen Phase bleiben, obwohl ihre Medikamente aufgebraucht waren. Sie wagten nicht zu hoffen, aber auch die Kratzer verblassten. Nach zehn Tagen waren die meisten so langsam wieder auf den Beinen.

Sie fingen an, abwechselnd die jüngeren Schüler zu unterrichten. So etwas wie Alltag zu haben. Stunden. Und Hofpausen.

Jetzt würden sie also verhungern. Die Portionen in den Essenspausen wurden immer kleiner. Sie versuchten zu essen, was auf dem Gelände wuchs. Versuchten, selbst etwas anzupflanzen.

In einer Pause ging Benjamin in den Biosaal, wo er lange stehen blieb und das Skelett anstarrte. Die Rippen und die pyramidenförmige Höhle, die sie bildeten, als müssten sie Platz für etwas schaffen, das sich nicht einsperren lassen wollte.

LIV

»Weil wir tun, was wir tun, und weil es dem Rest der Welt egal ist, ist er noch da.«

Benjamin und Kate saßen auf dem Dach der Turnhalle. Der Sonnenuntergang tauchte die Bäume im Westen in flammendes Licht. Benjamin kaute auf irgendeiner Wurzel herum. Er wusste nicht, ob sie oder der Hunger daran schuld war, dass sein Kopf sich so wirr fühlte. Ein Junge kam mit seinem Hund über das Feld gerannt. Er machte einen, er machte zwei, drei Schritte, er machte zwanzig Schritte und er war immer noch da. Benjamin traute sich kaum, aber dann fragte er.

»Siehst du ihn auch?«

»Ja«, antwortete Kate. »Und einen Hund.«

»Einen Jungen und einen Hund.«

Der Junge blieb plötzlich stehen, als hätte er Benjamin und Kate entdeckt. Dann rannte er weiter, aber nicht ängstlich, sondern eher so, als hätte er das Interesse an den beiden Gestalten auf dem Dach der Schule verloren. Er folgte seinem Hund und verschwand im leuchtenden Wald.

»Benjamin?«

Er schaute immer noch dem Jungen nach, als Kate eine Hand auf seinen Arm legte. Sie drückte ihn immer fester und Benjamin folgte ihrem Blick.

»Der Vogel.«

Das Auge wusste genau, wo seine Bahn verlief, und trotzdem flackerte der Blick vergeblich über ein immer größeres Himmelsareal. Als sie aufstanden, drehten sie sich um die eigene Achse, suchten, so weit das Auge reichte, aber der schwarze Vogel war weg. Benjamin spürte einen Schwindel, der sich erst legte, als er sich an der Leiter festhielt und nach unten kletterte.

»Was machst du?«

Er antwortete nicht, sondern ging, ohne einen einzigen Gedanken zu denken, auf den Zaun zu. Kate versuchte, ihn aufzuhalten.

»Tu das nicht!«

Aber es war zu spät, Benjamins Körper hatte einen Kurs eingeschlagen, der sich nicht mehr ändern ließ. Mit jedem Schritt wurden die Löcher im Drahtnetz deutlicher. Noch einen Schritt und er konnte den Arm ausstrecken und es anfassen.

»Nein! Benjamin!«

Als er den Zaun berührte, war er tot. So fühlte es sich an, für einen kurzen Augenblick. Als würde sich sein ganzes Leben in der Stahlkapsel einer Kugel sammeln, die seine Brust durchbohrte. Dann konnte er wieder atmen, denken und sehen, dass er nur ein Junge war, der sich an einem Zaun festhielt.

Benjamin kletterte nach oben und auf der anderen Seite wieder herunter. Sein Herz klopfte, als er mit den Füßen den Boden berührte, aber nichts passierte. Er blieb stehen und hob den Kopf, blickte zum Wikingergrab, über das Feld und hoch zur Landstraße.